Profondément attaché à la ruralité et à ses valeurs, **Alain Paraillous** *a exprimé cette fidélité dans deux livres de souvenirs,* Le Chemin des cablacères *et* Les Collines de Canteloube, *puis dans un roman,* Les Peupliers du désert. *Son savoureux* Dictionnaire drolatique du parler gascon *est un succès de librairie. Mais c'est surtout son film* L'Occitanienne ou le dernier amour de Chateaubriand *qui va le faire connaître d'un très large public en 2008.*

LES PEUPLIERS
DU DÉSERT

Du même auteur

Aux éditions De Borée

Demain viendra l'aurore
Le Bois des serments

Autres éditeurs

Dictionnaire drolatique du parler gascon
Dictionnaire drolatique des fautes
L'école d'autrefois
L'encre et la sève
La Terre blessée
La vie religieuse des campagnes d'autrefois
Le bonheur n'est plus dans la classe !
Le Chemin des cablacères
Le duc d'Aiguillon : ministre de Louis XV au service du roi…
et des dames
Les collines de Canteloube
Les ombres du canal
Ma Gascogne gourmande : les recettes de mes grands-mères
et autres petites douceurs
Trousse-Peilhot : les tribulations de mon oncle Radamès

En application de la loi du 11 mars 1957,
il est interdit de reproduire intégralement ou partiellement
le présent ouvrage sans autorisation de l'éditeur ou du Centre français
d'exploitation du droit de copie, 20, rue des Grands-Augustins, 75006 Paris.

© Éditions Aubéron, 2001

© *De Borée*, 2015 pour l'édition poche

Alain Paraillous

Les Peupliers du désert

Terre de poche

À mon père

* Les mots suivis d'un astérisque renvoient au lexique p. 283.

I

EN REMONTANT LA LONGUE CÔTE, le moteur résonnait dans l'air du soir avec le ronronnement d'un chat qu'on caresse. Il y avait d'ailleurs une sorte de volupté féline dans cette arrivée lente de la nuit. Le vent d'autan pénétrait ce crépuscule de septembre avec une douceur particulière : on sentait bien que ces souffles n'étaient pas de ceux qui s'installent pendant une semaine entière, qui font souffrir le corps, et rendent la tête folle. C'étaient des bulles d'air chaud qui crèveraient en pluie dans les heures prochaines. Au-dessus de la forêt, les dernières lueurs du jour s'enfonçaient derrière la colline tandis que les premières étoiles s'allumaient une à une, éclairant d'une lueur pâle la masse presque noire des pins.

Derrière le tracteur, la remorque toute légère sautillait sur la route, brinquebalant les cuviers vides qui trépidaient avec des échos mats de tambour à chaque cahot de l'asphalte.

« Déjà presque neuf heures ! » se dit André.

Il avait eu largement le temps de regarder sa montre pendant la longue attente à la cave coopérative. C'était souvent ainsi à la fin des vendanges : tous les paysans voulaient finir de rentrer la récolte avant que des averses diluviennes, fréquentes après un été sec, ne viennent faire chuter les degrés, ou pourrir les grappes en quelques jours. André avait dû attendre plus de deux heures dans l'interminable file de tracteurs qui faisaient la queue avant de parvenir à vider leur chargement de raisins. Quand les quatre douils* de la remorque furent déversés, il contempla un instant la gueule monstrueuse du container métallique : elle s'ouvrit, comme assoiffée, puis les mâchoires se refermèrent, engloutissant ces tonnes de jus et de grappes. André s'était précipité à l'arrière de la cabine, au-dessus du quai, afin de suivre le mouvement de l'aiguille qui marquait les degrés sur un cadran. Comme à chaque fois, l'anxiété lui serra la poitrine et son cœur battit en scrutant le compte à rebours : vingt, dix-neuf, dix-huit, dix-sept. L'espace d'un éclair il se mit à songer à ces vendanges pourries de boue et de pluie, qu'il avait connues plusieurs fois dans sa vie, lorsque l'aiguille franchissait la barre des dix et dégringolait jusqu'à huit, parfois même à sept, compromettant ainsi le bénéfice de la récolte.

À 13°2, l'aiguille s'immobilisa. Une joie intense l'avait parcouru. Il était remonté sur le tracteur, le cœur léger, rassuré. Les phares qui balayaient le côté de la route paraissaient jouer à travers les herbes du talus.

« J'ai décidément bien fait de ne pas la vendanger à la machine, cette parcelle du Quinarit », se dit-il.

C'est vrai que cette vigne, avec sa grave maigre et rougeâtre, protégée des brumes par un rideau de trembles et de chênes, gardait ses grappes intactes jusqu'à la fin de la saison : cueillie à la main, sa récolte allait passer en qualité supérieure, et serait payée à un bon prix. Et puis, il avait retrouvé de cette façon le plaisir des vendanges d'autrefois, les rires des vendangeuses, leurs papotages, l'incessant manège des baquets qui se remplissent et se vident, le raisin qui vous colle aux doigts, cette irremplaçable transition entre la vigne et la cuve, ce lien palpable et sensuel que la machine avait relégué au rayon des choses surannées.

En traversant le village, le moteur résonna plus fort contre la haute muraille de l'église. Le grondement s'étira dans la légère descente, avec quelque chose de joyeux, comme l'allégresse des bêtes qui sentent l'approche de l'étable. Encore une montée abrupte, un dernier virage, et le tracteur s'engouffra sous le hangar. Une pression brève sur la manette de l'accélérateur fit rugir les cylindres : une habitude qu'André avait gardée depuis le temps, déjà bien lointain, de ses premières voitures dont les garagistes prétendaient alors qu'elles démarraient mieux, ainsi, le lendemain. La clé de contact, comme d'un coup de baguette magique, arrêta net le rugissement, faisant apparaître plus silencieux encore le silence de la nuit.

D'habitude, André descendait aussitôt du tracteur, mais ce soir, il attendit un moment, la main rivée à la petite clef froide. C'était la dernière charretée des vendanges. Pourtant, au lieu de ce sentiment de satisfaction qui le prenait chaque année après la fin de la récolte, il se sentit oppressé, incapable de bouger de son siège.

« C'est la dernière fois », pensa-t-il.

Peut-être même qu'il l'avait dit tout haut tant cette idée lui fit mal, semblable à ces coups d'aiguille qui traversent parfois la poitrine, et font croire, l'espace d'un instant, que la vie va s'arrêter. Enfin André se leva de son siège, descendit du tracteur, traversa la cour à la lueur de la lune, et se dirigea d'un pas lourd vers la cuisine. Le silence à l'intérieur lui parut encore plus profond que celui du dehors.

En quittant la maison, juste après son repas de midi, il avait garni la cheminée de sarments et de menu bois : l'automne avait conservé la tiédeur des dernières journées de soleil, mais il aimait la compagnie rassurante du feu. Il prit un vieux journal, y enveloppa une pomme de pin, craqua une allumette, et le crépitement des flammes jaillissantes apporta un peu de vie dans la pièce. Quand le feu lui sembla suffisamment lancé, il coiffa le brasier d'une bûche de chêne à l'écorce moussue.

La veille, il s'était cuisiné une soupe de citrouille aux haricots qu'il lui suffisait maintenant de réchauffer : quand on vit seul, il faut penser à ce genre de précaution. À la télévision, l'heure du journal était passée, le film du soir avait sans doute commencé depuis plus d'une demi-heure : il préféra ne pas brancher le poste ni s'asseoir à table. Il s'installa au coin de la cheminée, l'assiette sur les genoux, comme le faisaient les vieux d'autrefois.

« Les vieux ? Mais je suis un vieux… », se dit-il.

Soixante-douze ans. Voilà dix bonnes années qu'il aurait dû rendre son tablier, passer la main, laisser à d'autres le soin de la propriété. À d'autres ? Oui, mais à qui ? Que faire quand on sait que personne ne prendra la relève et qu'on est le dernier à cultiver une terre qui vous a été léguée par vos parents, vos ancêtres, et les ancêtres de vos ancêtres ? Rien d'autre que de continuer, tant qu'on peut, jusqu'à la limite de ses forces.

Comme il les enviait, ceux qui, au début de la soixantaine, pouvaient se retirer, cédant la place à un fils qui, à son tour, cultiverait la terre de ses aïeux ! C'est vrai que ceux-là, aujourd'hui, étaient devenus de plus en plus rares, et beaucoup devaient se résigner à la même issue : laisser la propriété en fermage à un voisin, qui agrandissait son domaine au fur et à mesure que les autres fermes, une à une, se vidaient de leurs habitants.

Le contrat d'affermage, il allait le signer au cours des prochaines semaines avec un fils d'Italien,

Claude Gobattoli. Son père, Torrino, avait acheté une ferme sur la commune l'année même du mariage d'André, juste après la guerre. Ces Italiens étaient arrivés dans un village voisin aux alentours des années 30. Une famille de onze enfants, que gouvernait un patriarche à l'allure voûtée, au vieux costume rayé gris et noir, et portant un chapeau de feutre à large bord. Comme beaucoup de leurs compatriotes, ils avaient quitté leur Frioul natal pour s'établir sur des métairies de la plaine : au lendemain de la guerre de 14, la France rurale était exsangue, et particulièrement ce coin de Gascogne où, tout au long du XIXe siècle, les couples avaient eu l'imprudence de se contenter d'un seul enfant. Après la grande saignée de 14-18, la région se retrouva déserte, les fermes à l'abandon, les terres en friche. C'est alors que les Italiens étaient venus. Toutes ces familles nombreuses que la misère, et parfois la crainte d'une purge à l'huile de ricin, chassèrent d'Italie, s'étaient attelées à la culture du tabac, gourmande en main-d'œuvre et en veillées tardives : il faut semer la graine au printemps, repiquer les jeunes pieds, les sarcler, couper au mois d'août la plante parvenue à son terme, l'embrocher sur des griffes, la suspendre dans les séchoirs, le fuseau tourné vers la terre battue. Puis, à la fin de l'automne, lorsque son pelage est devenu roux, on doit la redescendre, la dépiauter, et conditionner les feuilles en manoques avant de les porter enfin, au cours de l'hiver, jusqu'à la manufacture.

Cependant le tabac assurait alors, à moins d'une grêle, un revenu stable et régulier. Avec ses onze enfants, le père Gobattoli cultiva donc la somptueuse plante au vert de buis, l'opium des Incas, aux feuilles amples comme des tuniques. Au bout de vingt ans, le vieil Italien avait suffisamment amassé pour faire de chacun de ses garçons des propriétaires. Pas sur des propriétés de premier choix, mais sur des terres à bas prix dont personne ne voulait : ces collines abruptes au sol maigre et aux pentes dangereuses, qui d'autre aurait accepté de miser un sou sur leur avenir ?

C'est ainsi que Torrino avait acheté une ferme sur le coteau voisin, à l'époque où les terres à vigne se bradaient. À son tour, il avait travaillé avec la rudesse que son père lui avait apprise et qui avait trempé le bon acier de sa nature. Mais le malheur ne l'avait pas épargné : son fils aîné s'était tué dans un accident de la route. Son cadet n'était pas ressorti indemne, lui non plus, de cette tragédie : il s'en était tiré néanmoins, avec une jambe plus courte que l'autre. Tout le reste de sa vie, Torrino avait conservé sur son visage les stigmates de ce malheur. Sa fille, Béatrice, après des études secondaires au lycée d'Agen, avait passé le concours de l'École normale : elle était devenue institutrice, et cette réussite consolait un peu Torrino de ses chagrins. C'est au cadet, un agriculteur courageux et dynamique malgré son handicap, qu'André s'était résigné à louer ses terres.

Après avoir été si longtemps méprisés, les vignobles suscitaient maintenant des convoitises : les habitants de ces coteaux pouvaient à nouveau vivre de la vigne. Aussi, trois des derniers paysans de la commune s'étaient-ils disputés pour louer les terres d'André, et même pour les lui acheter.

« Les vendre, ça non, je n'aurais pas pu », songea-t-il. Et il le répéta à voix haute comme s'il venait de refuser, une fois encore, à ceux qui avaient insisté auprès de lui.

Autant se laisser amputer d'un bras ou d'une jambe, tant ces vignes faisaient partie de sa vie, de son être, et de la moindre parcelle de sa chair. Ça lui aurait mis « le sang par terre ». Alors, il avait fini par se faire à l'idée de les affermer, avec un bail de dix-huit ans, autant dire pour toujours. C'était mieux quand même que de condamner le sol à la jachère, ces friches subventionnées qui permettent aux paysans de ne pas mourir de faim quand sonne l'âge de la retraite.

*

« *Vienne la nuit, sonne l'heure,*
Les jours s'en vont, je demeure. »
Ces vers lui revinrent en mémoire, sans qu'il pût se souvenir du poète qui les avait écrits. Peut-être les avait-il appris autrefois au collège. À moins qu'il les ait entendus dans quelque chanson. Il se les récita deux ou trois fois dans sa tête. Comme

ils lui paraissaient convenir à sa situation et à sa solitude !

Il pensa à ces propriétés de la plaine, dont il avait tant rêvé jadis, quand il était jeune et que la vigne ne rapportait plus rien. Depuis la fin du XIXe siècle, après le phylloxéra, les vignerons avaient planté des cépages de mauvaise qualité, aux rendements abondants, mais dont le commerce ne savait plus que faire après la Seconde Guerre mondiale, quand les gens, presque tous devenus des citadins, avaient renoncé à leur ration quotidienne de vin rouge. Le vin de table, dont seuls les plus déshérités se passaient autrefois, rares étaient ceux qui en consommaient encore chaque jour maintenant.

« Tu sais, André, lui avait dit alors le maire de la commune, vigneron lui aussi, je crois bien que la vigne, c'est fichu. »

Et il avait ajouté avec amertume :

« Il vaudra mieux planter des cacahuètes ! »

Comme André les enviait alors, ces propriétés de la plaine que les pieds-noirs du Maroc ou d'Algérie avaient plantées d'immenses vergers à perte de vue, faciles à travailler, facilement irrigables, alors que tout était si difficile sur ce coteau ! Toute la vallée de la Garonne s'en était trouvée métamorphosée.

Mais depuis une dizaine d'années, le vent avait tourné : les vergers avaient été abattus, les arbres donnés pour du bois de chauffage. Les bulldozers avaient arraché les souches, et la plaine meurtrie avait pris l'allure désolée des champs de bataille. Et puis, à la place des pêchers et des pommiers dont le fleurissement flamboyant faisait de cette plaine un jardin des dieux, on avait planté des peupliers. Les promeneurs de la ville s'accommodèrent de ces longues allées vertes aux airs bien soignés de jardin public, et les économistes se réjouirent de ces hectares de « forêt » venus compenser ceux que les autoroutes ou le cancer de l'urbanisation détruisent chaque jour.

« Ils appellent ça de la forêt ! » se dit André en reposant son assiette sur la table. La forêt, c'est un monde mystérieux, complexe, et méticuleusement désordonné. Autour de sa maison, toute bruissante du vent qui venait de se lever, c'était cela, une forêt. Pas ces champs de peupliers sagement tirés au cordeau, cohorte de soldats disciplinés alignés dans la plaine.

Quand il passait près d'une peupleraie, ce n'était pas le frissonnement argenté des feuilles qu'il voyait, ni les troncs généreux à la pousse rapide, mais les maisons abandonnées croulant sous les arbres, étouffées par les tiges vigoureuses que la terre fertile propulse vers le ciel, déploie en larges dômes dont le soleil ne parvient pas à franchir la masse opaque. Pour lui, ce n'était pas de la vie qui poussait dans ces carrés ou ces rectangles, mais la terre, devenue inutile, qui était en train de mourir, toute seule, sans personne pour s'occuper d'elle. C'étaient les arbres d'une campagne désormais sans hommes, des arbres puisant leur suc dans une terre désolée. C'étaient les peupliers du désert. Pas le désert de sable, celui de l'Afrique brûlée par le soleil, mais un territoire moribond que les hommes ont déserté. Depuis plusieurs années déjà, les parcelles trop petites, trop irrégulièrement dessinées, avaient été rendues à la friche : arabesques exiguës, conquises autrefois jusqu'à l'extrême bord des collines abruptes, enchâssées dans des bosquets, bibelots dissymétriques aux contours fantasques, biseautés par le soc, à la limite des taillis qui leur servaient d'écrin, bijoux d'émeraude au printemps, d'ambre en été, parfois veinés d'améthyste, se colorant de pourpre en automne. Ce n'était pas sur ces dentelles de terre, surannées, impropres au passage des engins modernes, que l'on plantait des peupliers, mais sur les vastes étendues de la plaine : il n'y a pas si longtemps, des paysans se seraient battus pour les posséder, les couvrir de tabac, habiller leur espace nu de céréales et d'arbres fruitiers. Aujourd'hui, le tabac est voué au pilori, le monde ne sait plus que faire de son blé, et les pommiers ont succombé aux bulldozers : ces terres de la plaine, plus personne n'en veut, même à bas prix, et elles sont tout juste bonnes à devenir des peupleraies.

Aussi, depuis vingt ans, ils pouvaient se compter sur les doigts d'une seule main, les jeunes qui avaient pris la suite de leur père, dans les fermes de tout le canton. Les autres étaient partis fonctionnaires, ou salariés d'une entreprise.

Pouvait-on cependant reprocher à cette jeunesse d'avoir quitté la terre, de l'avoir trahie en se laissant fasciner par l'attrait des villes ? Avaient-ils assez entendu chez eux les lamentations de leurs pères lorsque la gelée ou la grêle avaient ravagé la récolte, ou qu'une mévente les avait obligés à jeter leurs fruits dans les décharges ! Dans la plaine, un jeune venu de la ville avait fait le pari de s'installer sur un vaste domaine dont la maison de maître, robuste et cossue, lui avait inspiré confiance. C'était à la fin des années 70, et le prix des terres demeurait encore élevé. Il planta des vergers de pommiers et de pruniers, si beaux quand les arbres fleurirent au printemps, si pleins d'espérance, que les vieux des alentours étaient venus l'en remercier. Une année de grêle, puis une autre où la gelée brûla les jeunes pousses, et il dut, pour payer ses emprunts, céder sa demeure à un couple d'Anglais. Il déménagea dans la ferme destinée autrefois aux métayers. Trois années de mévente survinrent alors, et c'est toute la propriété qu'il fut contraint de vendre, par petits lots, à des voisins qui l'embauchèrent comme ouvrier agricole.

De tels exemples n'étaient pas rares, et n'incitaient guère les jeunes à rester à la terre.

Pauvres paysans, pauvres galériens qui plantent maintenant des peupliers juste avant leur retraite, là où, durant toute leur existence, ils ont semé le blé, taillé au sécateur la pousse des pêchers et des poiriers, récolté le fruit, porté la gerbe... André se souvenait du début des années 50, quand il expédiait les pêches et le chasselas auprès des « mandataires » de Bordeaux. À cette époque, c'étaient les négociants qui fournissaient les cagettes aux fines lamelles de peuplier, les renvoyaient aux paysans après usage, et ces cagettes servaient deux fois, trois fois, jusqu'à usure complète. Puis une loi ou un décret avait prohibé la réutilisation des emballages : « réemploi interdit », telle était désormais la nouvelle norme. Les premiers temps, le « mandataire » assura qu'il réglerait la moitié de la facture des cagettes neuves. Et le paysan paya l'autre moitié, rognant ainsi sur son petit bénéfice. L'année d'après, le négociant fit savoir que le producteur devrait désormais assumer seul l'achat des emballages, mais qu'il en tiendrait compte dans son règlement. Il en tint compte effectivement au cours des deux années qui suivirent. Puis la mévente survint, et le paysan dut se contenter de vendre à n'importe quel prix son chasselas et ses pêches, heureux encore de trouver preneur. Et tant pis pour le prix de la cagette.

« Un paysan qui plante des peupliers, maugréa André, c'est un condamné à pendre* qui cultive le chanvre dont sa corde sera faite. »

Pourtant, les paysans avaient bien dû s'y résoudre, parce qu'avec des coups pareils, en plus des coups de tête de la nature, les plus enthousiastes avaient fini par perdre courage. N'ayant plus personne pour prendre leur suite, ils avaient usé leurs dernières forces à planter des peupliers.

Mais fabriquerait-on encore des cagettes dans quelques années, quand tous les vergers seraient arrachés ? Y aurait-il seulement des fruits à loger dans ces emballages ? Peut-être valait-il mieux planter des peupliers en Argentine, ou dans quelque autre pays lointain, là où se récolteraient à l'avenir les fruits que plus personne ne produirait chez nous ?

D'autres plantaient aussi des noyers. Des arbres sans noix, juste pour le bois précieux, cette ébène d'Europe réservé aux meubles de prestige. Mais de quel matériau les meubles seraient-ils faits dans les années à venir ? Et fabriquerait-on encore des meubles ? Est-on si sûr que personne n'aura faim, dans cent ans, pour planter des noyers qui ne donnent même pas de noix ?

« Pourtant, à tout prendre, se dit André, ces étendues d'arbres sont moins désespérantes que les jachères. »

C'est vrai qu'avec leurs graminées qui roussissent dès le mois de juin, les jachères lui paraissaient le comble de la désolation. Des champs rongés par la rouille, pareils à des carcasses de paquebots déchus tombant en ruine à l'arrière des ports. Et dire qu'on payait les paysans, maintenant, pour laisser leurs terres en friche !

Les Peupliers du désert

Mais il n'y avait pas d'autre issue que ces grands cimetières d'herbes folles, ou ces champs de noyers et de peupliers asphyxiant sous leurs feuillages les campagnes devenues désertes.

II

Ici, pourtant, sur ces coteaux qui surplombent la vallée de la Garonne, la vigne était restée. Elle avait même pris le pas sur les taillis, chassant les haies, les talus, et il eût été exagéré de parler de désert malgré les maisons qui s'étaient fermées. Des paysans continuaient à cultiver la vigne. Plus très nombreux, à la vérité. Mais ils restaient encore quelques-uns à se partager ce qui avait été autrefois la raison de vivre, et la source de vie d'une vingtaine de familles. D'ailleurs le vin était redevenu à la mode, et les diététiciens en recommandaient la consommation. Il était loin le temps où une hystérie anti-alcoolique avait terrorisé les consciences : « L'alcool, voilà l'ennemi ! » Tel était le slogan qui tapissait les murs des écoles primaires pendant l'enfance d'André : des panneaux exhibaient des foies boursouflés, des cœurs jaunissants, des cerveaux tuméfiés de pustules. Mais depuis quelques années, la science n'en finissait plus de découvrir, dans le vin, des bienfaits que les paysans, tout seuls, sans le secours des savants, avaient mis à leur profit.

Cette phobie s'était reportée sur les fumeurs à qui la médecine prédisait les plus épouvantables catastrophes, et que des croisés modernes accusaient d'empoisonner leurs semblables. Depuis sa jeunesse où il s'accordait parfois le plaisir d'une cigarette, André n'avait guère fumé, sauf à la fin de quelques repas de famille, deux ou trois fois par an. Il trouvait néanmoins que cette psychose nouvelle témoignait d'une intolérance malsaine. En tout cas, les planteurs de tabac en avaient fait les frais, et dans la plaine de la Garonne, le regard ne rencontrait plus ces alignements de panaches verts, aux intervalles aussi soigneusement tenus que les allées d'un parc, et au-dessus desquels des fleurs d'une beauté rare, proches de celles du lagestroemia, formaient une aigrette. Les fermiers italiens, qui en avaient tapissé le paysage, durent se rabattre sur le maïs monotone, sous peine de partager la honte et l'opprobre avec les fumeurs coupables.

Les buveurs de vin, eux, avaient reçu l'absolution, puis la bénédiction des cardinaux de la science. À la condition que ce soit du vin de bonne qualité. Heureusement que la cave coopérative avait été créée, quelques années après la guerre, exigeant des cépages nobles, imposant des normes rigoureuses. Le merlot et le cabernet remplacèrent les bouchalès toujours trop verts, sujets à la pourriture, et à l'acidité d'oseille. Un important réseau commercial s'était mis en place, et les cours avaient remonté, procurant aux vignerons des revenus capables d'assurer leur subsistance.

Mais André pouvait-il s'en réjouir, ce soir, alors qu'il venait d'achever les dernières vendanges de sa vie, et que plus jamais il n'irait, l'hiver, les mains emmitouflées, tailler les sarments, consolider les échalas, épamprer les ceps au printemps, élaguer les cimes, monter et descendre les longues pentes pour des sulfatages toujours recommencés ? Plus jamais il ne guetterait avec la ferveur d'un amoureux l'éclatement des bourgeons argentés, les feuilles minuscules qui se déplient au mois de mai, s'étirent, montent à l'assaut des fils de fer, les entortillent de vrilles solides et tenaces. Tout cela continuerait, mais sans lui dorénavant.

La bûche de chêne se partagea tout à coup en deux, libérant un bouquet d'étincelles qui s'éteignirent aussitôt. Le craquement le tira de ses réflexions. Il se leva, prit les pincettes et ramena les deux morceaux sur les chenets. Il souffla vers les braises et une petite amande orangée se dressa au-dessus des berlingots rougeoyants. Elle chuinta durant quelques secondes, puis le silence revint. Depuis tant d'années qu'il était seul, il avait fini par s'habituer à cet impressionnant mutisme des murs, aussi oppressant que l'air lourd qui précède les orages.

Quel inextricable concours de circonstances, quelle succession de malheurs et de malchances l'avaient amené là, dans cette solitude qui durerait jusqu'à la mort !

« Il faut croire qu'à ma naissance, on a dû oublier d'inviter les bonnes fées », soupira-t-il.

C'est vrai que sa vie n'avait pas commencé sous les meilleurs auspices. Sa mère, Suzanne, douce et discrète, était restée vieille fille auprès de ses parents, protégée, dorlotée par eux. Elle ne consentit à se marier qu'à l'approche de la quarantaine, avec Ismaël, un pépiniériste de Xaintrailles qui vint s'installer sur cette propriété où il n'y avait pas eu d'héritier mâle. C'était au lendemain de la Grande Guerre. Son père était décédé le jour même de l'Armistice. Désemparée, elle avait fini par se rendre à l'idée de cette union. Louisa, leur vieille bonne, qui avait de la famille à Xaintrailles, s'était entremise, et en quelques semaines, le mariage fut conclu. Comme sa langue, habituée à colporter les secrets d'alcôve, n'était pas de celles qui restent dans la poche du tablier, elle se plaisait à raconter que la grand-mère Octavie avait passé des heures en prières, pendant la nuit de noces, de l'autre côté de la cloison : des rumeurs avaient couru, et l'on disait qu'au cours de ses nombreux déplacements dans les foires de la région, Ismaël, à l'époque de son célibat, ne s'était pas seulement occupé de fréquenter les pépiniéristes. Selon Louisa, ces rumeurs n'étaient parvenues à la pauvre grand-mère qu'à la veille du mariage, ce qui expliquait son inquiétude.

André ne put s'empêcher de sourire en évoquant ce souvenir, ce rayon de malice au milieu de tant d'ombres. Pourtant il chassa vite cette pensée de son esprit car il n'aimait pas plaisanter avec ces choses, surtout quand il s'agissait de ses parents.

L'autre souvenir qui lui revint à l'esprit était moins drôle. C'était sans doute le premier que sa mémoire eût conservé. Il se revit, à l'âge de quatre ans, petit garçon entrouvrant la porte de la chambre où dormait sa mère malade :

« Tiens maman, je t'ai apporté des oranges. Mange-les, maman, cela te fera du bien. »

L'immobilité pâle de sa mère était restée gravée au fond de lui. La froideur de sa joue aussi.

Elle était morte en mettant au monde son cadet, Paul, qui n'avait pas survécu, lui non plus.

La grand-mère Octavie en voulut à son gendre. Elle imputait la mort de sa fille à quelque maladie contractée par Ismaël avant son mariage. En fait, Suzanne était de santé fragile. Lorsqu'elle avait mis André au monde, elle avait bien failli ne pas s'en remettre : elle était déjà trop âgée pour se lancer dans cette aventure. Elle manqua de lait quand il fallut le nourrir : on avait dû chercher partout une nourrice, et c'était dans les Landes, du côté de Castets, qu'un cousin avait fini par leur trouver Maria Cardouat, une pauvre fille dont la misère était si grande qu'elle avait consenti à quitter durant plusieurs mois son mari, ses enfants, et à s'en aller gagner quelques sous en vendant son lait. Pendant la durée de l'allaitement, elle avait cependant amené avec elle son dernier-né, Gabriel, qu'elle avait nourri en même temps qu'André. Elle était toujours demeurée misérable d'ailleurs, et jusqu'aux dernières années de son existence, aussi longtemps qu'elle avait pu prendre l'autobus, elle était venue passer tous les ans un ou deux mois d'hiver à Bertranot d'où elle repartait avec un peu d'argent.

« *Qu'ei jou que t'ey saubat la vita !* » (C'est moi qui t'ai sauvé la vie !) répétait-elle à André. Même en patois, c'étaient à peu près les seuls mots qu'elle savait dire, pauvre vieille qu'elle était devenue, aussi desséchée que le sable des pinèdes. Le temps où elle était restée nourrice à Bertranot fut sans doute la seule période heureuse de sa vie, celle en tout cas où elle n'avait manqué de rien.

L'une des rares images qu'André avait gardées de son père, c'était dans la cour où il était passé tout à l'heure après avoir ramené le tracteur sous le hangar. Le père était grimpé sur la carriole d'un air furieux, le fouet avait claqué sur le dos du cheval, et la grand-mère Octavie était sortie en lui criant :

« Vous avez fait mourir une femme, Ismaël, vous n'en ferez pas mourir deux. »

André n'avait jamais su le fin mot de cette dispute dont le souvenir était demeuré incrusté dans sa mémoire. L'autre image, c'était dans le grand couloir de la maison. Les domestiques poussaient le corps de son père avec les pieds, comme on tasse la vendange, pour le faire entrer dans le cercueil trop étroit. Terrassé par une angine de poitrine, Ismaël n'avait pas survécu six mois à son épouse.

Tous ces souvenirs, qu'il n'avait pas évoqués depuis longtemps, se mirent à se bousculer dans sa tête. Il préféra monter se coucher. Les bûches agonisaient maintenant dans l'âtre, tandis qu'une mince fumée presque froide léchait mollement la suie de la grande plaque de fonte. En passant dans le couloir, juste avant de prendre l'escalier, il se revit enfant, blotti contre l'armoire, et la scène du cercueil surgit à nouveau. Il grimpa les marches sans se retourner, s'allongea sur le lit, et enfouit son visage dans l'oreiller pour ne plus apercevoir ces fantômes.

À peine eut-il entendu les arbres s'ébrouer avec le vent que la fatigue de la journée s'empara de lui, chassa les songes. Et il s'endormit d'un seul coup.

III

Ce fut le jour qui l'éveilla. Une clarté grise et terne, mais c'était le jour quand même. Il fut étonné de se trouver sur le lit sans s'être déshabillé. Jamais, non plus, il ne se couchait sans fermer les volets. Il vit la pluie qui tombait, épaisse, et ruisselait sur les vitres. Sa première pensée fut pour la vigne :

« Heureusement que j'ai fini de vendanger ! ».

Mais aussitôt, ce qui l'avait accablé la veille lui revint à l'esprit : ses dernières vendanges ; le bail qui serait signé bientôt, après la Toussaint, peut-être à la Sainte-Catherine comme cela se faisait autrefois avec les métayers.

La tiédeur de la veille avait disparu. L'averse avait apporté un air frais et humide qui pénétra dans la chambre. La température chute vite en octobre. Il tira l'édredon jusqu'à lui pour se réchauffer. D'ordinaire, malgré son âge, il eût sauté au bas du lit : à la terre, quand on s'éveille, on ne se rendort pas. On s'habille, et on se lave : il y a toujours quelque chose à faire dans une ferme.

Mais André n'avait plus rien à faire, puisque la propriété allait être louée bientôt. Le notaire avait sans doute déjà préparé le bail, il ne restait plus qu'à le signer.

Cette propriété qui appartenait à sa famille aussi loin que remontaient les souvenirs et les liasses de vieux actes, il allait la laisser à d'autres, qui n'étaient pas du même sang que lui. Français ou Italiens, peu lui importait : c'était la première fois qu'un fils ou un gendre ne reprendrait pas en main les terres que des générations d'aïeux avaient accumulées, d'héritage en héritage, ou achetées une à une en se privant, s'il le fallait, du superflu, et souvent même du nécessaire.

Il revit son enfance un peu triste auprès de sa grand-mère Octavie : il s'en était fallu de peu alors que la propriété ne fût vendue. Son grand-père Bertrand, son père Ismaël, sa mère Suzanne, tous étaient morts. C'étaient des domestiques, ou des métayers, qui avaient cultivé le domaine, comme on peut le faire quand il n'y a plus de maître à la maison. La pauvre Octavie était parfois obligée de couper des pins, quand la récolte était mauvaise, pour payer leurs gages. L'image de cette vieille grand-mère, meurtrie par les deuils, toujours en prières, lui revint à ce moment. Ses éternels conseils, aussi. Le froid qu'elle sentait dans ses veines, elle le craignait également pour son petit-fils.

« André, n'oublie pas ton manteau. Tu as mis tes grosses chaussettes ? »

Bien sûr qu'il les avait mises, ses grosses chaussettes, si hautes qu'il lui eût fallu des jarretières. Mais à peine était-il parvenu à mi-côte, en descendant à l'école, qu'il les ôtait, les cachait dans un buisson, afin de ne pas être la risée de ses camarades. Ce n'est pas facile d'être élevé par une grand-mère dont tant d'années vous séparent.

Et c'étaient les soirées mélancoliques au coin de la cheminée :

« André, prie avec moi pour tes pauvres parents qui sont morts ! »

Leur vie se passait ainsi, à l'écart d'un monde dont le bruit ne leur parvenait qu'étouffé, comme ce grondement lointain de la mer qu'ils entendaient parfois, au-dessus de la forêt. Les crises boursières, les dévaluations, les grèves dans les usines, l'anarchiste Ravachol, ce tueur fou dont toute la presse avait parlé, c'était dans un autre univers.

Un soir pourtant, alors que sa grand-mère lui avait demandé de prier une fois de plus pour que la récolte soit bonne, et qu'ils s'apprêtaient à monter se coucher, ils entendirent des coups violents contre la porte de la cuisine, et une voix qui criait :

« Ouvrez ! Ouvrez ! C'est Ravachol ! »

La vieille femme et le petit enfant s'étaient blottis l'un contre l'autre, terrorisés :

« Ouvrez, c'est Ravachol ! » tonitruait la voix tandis que le contrevent tremblait sous les coups de poing. Ils avaient oublié d'enclencher l'espagnolette. Soudain, le contrevent s'ouvrit d'un seul coup, et ils virent la face hilare du curé, le dernier curé du village, un ivrogne notoire qui n'avait pas été remplacé lorsque l'évêque l'eut envoyé se faire pendre ailleurs.

Quand André eut atteint sa onzième année, quelle qu'ait été leur douleur de se séparer, Octavie l'envoya en pension chez les pères assomptionnistes à Agen. Un domestique le portait avec la carriole à cheval jusqu'à la gare d'Aiguillon, et de là, le train le menait au chef-lieu. Ses résultats brillants forcèrent le respect de ses camarades du collège, fils d'avocats ou de médecins, qui eussent volontiers regardé de haut ce petit campagnard aux habits passés de mode.

« Prie pour tes parents ! Prie pour que les récoltes soient bonnes » lui écrivait inlassablement sa grand-mère. Car elle avait la terre dans le sang, comme tous les paysans, et elle n'imaginait pas que son petit-fils, quand il aurait grandi, pût vouer sa vie à autre chose.

Aussi, après trois ans passés au collège, il fut décidé qu'André partirait à Ondes, près de Toulouse, une école d'agriculture hautement réputée. Il se souvint des paroles peu amènes de l'abbé Fourès, le préfet de discipline, lorsque la grand-mère vint l'informer de leur décision :

« Alors André, vous nous quittez pour planter des carottes ! »

Ce n'étaient pas des carottes qu'il devait planter, mais les vignes dont les plantations étaient presque toutes à recommencer. Que restait-il de son pauvre vignoble, à demi abandonné depuis trente ans ? Juste avant la guerre de 14, se sentant à la fin de sa vie, le grand-père Bertrand, fatigué par l'âge, avait laissé aller les choses. Son gendre, Ismaël, commençait juste à prendre les affaires en main et s'apprêtait à restituer au domaine son lustre d'antan lorsque la mort l'avait emporté. Dix ans de plus s'écoulèrent. Les vieux ceps usés finissaient par périr les uns après les autres, et d'année en année le niveau des cuves diminuait, les barriques de vin devenaient moins nombreuses.

Alors, voyant sa grand-mère en larmes quand elle faisait ses comptes le soir, elle qui avait, malgré tout, tenu bon pour garder cette propriété, il s'était dit qu'à son tour, il devait s'accrocher à cette terre qui était celle de ses aïeux. Il ne deviendrait donc pas avocat, ni médecin, comme ses camarades de la pension, cette machine à fabriquer des notables : il reviendrait à Bertranot, il replanterait les vignes. Les gros bâtiments cossus de la ferme disaient assez la prospérité qu'avait connue le domaine autrefois :

« À partir de maintenant, il faut que cette prospérité revienne », s'était-il dit alors, comme s'il lançait un défi à sa terre.

En se tournant dans son lit, André vit sur la cheminée la photo du beau jeune homme qu'il était alors, en casquette blanche et pantalon de golf. Le regard un peu triste portait la trace des chagrins de son enfance, mais l'allure était décidée. La photo avait été prise à la fin de ses études. Il s'apprêtait à prendre le train pour rentrer chez lui. Sa vie d'adulte commençait.

IV

« Non, elle n'a pas commencé là », corrigea-t-il. C'est vrai que, depuis hier soir, tout s'embrouillait dans sa tête : cette terre qu'il abandonnait, c'était comme si jadis il eût abandonné sa vieille grand-mère pour aller faire la noce à Toulouse avec ses camarades de l'école d'agriculture. Bien sûr, il y avait les éternelles rentrées des classes, l'inexorable compte à rebours à partir du 15 août, les séparations douloureuses à la halte de l'autobus ou sur le quai de la gare. Mais à chacune des vacances, il repartait vers Bertranot et retrouvait cette vieille femme qui lui avait tenu lieu de père et de mère, et qu'il appelait d'ailleurs « maman ». Jamais il ne l'aurait abandonnée, pas plus qu'il n'aurait abandonné sa propriété à vingt ans, mais que faire maintenant qu'il était seul, et qu'il n'avait plus personne à même d'assurer la relève ? Il savait bien pourtant qu'une terre qu'on afferme n'est plus à soi : en théorie celui qui la possède demeure propriétaire, mais ce titre est illusoire. Si le bailleur change d'avis deux ou trois ans après, il ne peut pas la reprendre ; pas même la vendre. C'est la fin : le nom reste sur le papier, pour la forme, pour le souvenir, mais c'est tout.

Et de nouveau, l'idée du bail se mit à le hanter. Cette obsession faisait bourdonner sa tête, et il perdait le fil de ses souvenirs dans le dédale de sa mémoire affaiblie.

« Non, ce n'est pas en sortant du lycée d'Ondes que j'ai repris la propriété, puisqu'il y a eu la guerre aussitôt. »

Effectivement, les choses n'avaient pas traîné : il avait quitté l'école d'agriculture dès les derniers jours de juin 1939, et en septembre, les cloches de l'église s'étaient mises à sonner.

« La guerre, la guerre ! »

Tous les gens du village étaient sortis sur le pas de leur porte. André s'était mis à pleurer à ce moment-là. Au conflit précédent, la famille avait perdu quatre hommes, en pleine force de l'âge. Mais en ce mois de septembre 1939, il n'avait pas encore vingt ans, et il ne fit pas partie du contingent mobilisé. Un an plus tard, il fut envoyé aux Chantiers de jeunesse, à Saint-Pé-de-Bigorre. Au cours des quelques mois de guerre, l'instituteur du village se fit tuer deux jours avant l'armistice en même temps que deux autres jeunes de la commune. Une liste bien maigre sur le monument aux morts en comparaison de la liste de 14-18, de l'autre côté de la stèle. Mais il est vrai aussi que la population du village avait déjà chuté entre les deux grands massacres.

« Si une guerre survenait maintenant, il n'y aurait plus aucun jeune à tuer. »

André se ravisa pourtant de ce qui lui parut une sorte de cynisme de sa part. Il songea au fils du voisin Mardet qui s'était tué dans un accident de moto l'année précédente, et à la petite-fille du maire, qui avait péri brûlée lorsque sa voiture avait raté le virage à la sortie de Cap-du-Bosc. Et au fils de Torrino Gobbatoli, alors qu'il ramenait son frère de l'école d'agriculture. Les accidents maintenant, c'est comme les guerres autrefois : les parents tremblent autant quand leurs enfants s'embarquent dans une voiture que lorsqu'ils les voyaient endosser l'uniforme, et partir, fusil sur le dos, vers le mouroir des batailles.

André sentit qu'il s'égarait. De toute façon, il n'allait pas refaire le monde. Ce qui l'intéressait ce matin, comme hier soir, c'était de retrouver dans sa mémoire le déroulement de sa vie, cet enchaînement de malheurs qui s'étaient abattus les uns après les autres, à la manière de ces arbres qui se couchent sur le sol pendant une tempête. Il lui était arrivé de se demander si une fatalité malfaisante n'avait pas pesé sur lui.

« Ou sur cette maison », pensa-t-il quand cette idée de fatalité lui revint.

Il avait entendu parler des maisons qui portent malheur, mais il aimait trop Bertranot pour accuser la vieille bâtisse d'une telle malédiction. Pourtant, sa grand-mère Octavie lui avait raconté qu'au milieu du XIXe siècle, deux jeunes filles étaient mortes ici – ses arrière-grands-tantes –, emportées par la tuberculose. Puis il y avait eu ses parents, morts à six mois d'intervalle. Et tous les décès qui s'étaient succédé encore, et dont le souvenir le fit se crisper, à la façon de ces blessures qu'on croit cicatrisées mais qui vous font hurler dès qu'un doigt les effleure.

Lorsqu'il était parti aux Chantiers de jeunesse, il avait eu bien peur de ne plus revoir sa grand-mère. Le jour de son départ, elle l'avait accompagné jusqu'au bout de l'allée, sans même verser une larme, comme si la source s'en était tarie, et il l'avait vue devenir toute petite au bas de la côte, puis disparaître. Il pensa alors que c'était la dernière image qu'il garderait d'elle.

Il l'avait revue cependant, toujours vivante, un an plus tard, mais son esprit s'était délabré. Elle voulait revenir à Jousse, la maison de son enfance, sur la commune d'à côté. Un jour, elle avait quitté Bertranot : avec les domestiques, ils l'avaient recherchée tout l'après-midi, sur la route, le long des chemins. Ils avaient fouillé la mare. Ce n'est qu'à la nuit tombée qu'ils la retrouvèrent, dans la forêt : elle avait voulu « couper par les bois pour retourner à Jousse », et s'était égarée.

V

« MON AMOUR,
J'apprends à l'instant que ta grand-mère, que tu aimais tant, vient de mourir. Tu m'avais souvent parlé d'elle, et je sais l'affection que tu lui portais. Elle était devenue ta "maman", puisque tu l'appelais ainsi, et qu'elle était ta seule famille.

Mais tu n'es pas seul, et tu ne seras plus jamais seul, mon amour, parce que je suis là. Je serai bientôt ta femme, et tu trouveras chez nous, avec mon père et ma mère, la famille qui t'a tellement manqué pendant ton enfance. »

André avait sorti de l'armoire le coffret contenant les lettres de Marie-Anne, du temps où ils se fréquentaient, quelques mois avant leur mariage.

Marie-Anne était une jolie brune, bien faite, rieuse. Plutôt élancée pour l'époque, car depuis, les filles, et tous les jeunes d'ailleurs, ont tellement poussé que ces générations nouvelles semblent issues d'une autre espèce. Les parents de Marie-Anne étaient des agriculteurs aisés qui habitaient dans la vallée, à une demi-heure de Bertranot en coupant à travers les bois. Mais Marie-Anne n'avait pas l'air d'une fille de la campagne : c'était une fille moderne, comme il les aimait.

Il se souvint de sa plaisanterie d'alors, liée aux circonstances de la guerre, et même si elle n'était pas du meilleur goût, il ne put s'empêcher de sourire en se la rappelant :

« J'aime les filles qui roulent à l'essence, pas celles qui roulent au gazogène. »

Et c'est vrai que lorsqu'elle pédalait, à côté de lui, en short blanc sur son vélo, sa chevelure au vent, Marie-Anne avait vraiment l'air de « rouler à l'essence », et pas au gazogène. Elle ne ressemblait pas à ces paysannes mal fagotées qu'il avait vues souvent dans les bals clandestins où ils s'étaient rencontrés, après son retour des Chantiers de jeunesse. Même Germaine, l'institutrice du village, il la trouvait lourde, sans allure, et habillée comme une vieille. Il l'avait fréquentée quelque temps avant de connaître Marie-Anne qui lui avait paru autrement attirante.

Il revoit Marie-Anne avec lui à la Lagüe, un lac au milieu des bruyères, que le sable des Landes n'a jamais réussi à boire et qui somnole, à quelques kilomètres de Bertranot, bercé par le chuchotement des roseaux. Avec son maillot de bain largement échancré, elle joue aux stars de magazine sur la petite plage. Il se revoit lui-même, émerveillé, ne cessant de la photographier avec son Kodak à soufflet où s'introduisaient des grains de sable qui faisaient des taches blanches sur les photos. Elles sont toujours là d'ailleurs ces photos, entre les liasses de lettres. Leur taille est minuscule : André a oublié combien les photos étaient exiguës en ce temps-là. Était-ce pour économiser le papier, au lendemain de la guerre ?

Comment s'empêcher d'ôter l'élastique qui retient le petit paquet soigneusement rangé sur le côté gauche du tiroir ? André s'assied au bord du lit, et déploie les vieux clichés à la façon d'un jeu de cartes : Marie-Anne étendue sur la plage, appuyée sur un coude, l'autre main relevant sa chevelure. Marie-Anne debout, les bras levés, les lunettes noires dans les cheveux, un sourire de vamp sur les lèvres ; Marie-Anne marchant vers le lac, la tête levée vers le ciel, puis le corps dans l'eau jusqu'à la taille, le buste émergeant comme celui d'une sirène. Cette photo, c'était au cours de leur voyage de noces à La Baule : ils n'avaient pas encore de voiture, et ils y étaient allés par le train ; mais Marie-Anne avait posé devant une superbe Chevrolet crème, décapotable, garée sous le balcon du plus bel hôtel de l'avenue de la plage. Là, dans ce port du Midi, Marie-Anne est assise sur une murette, avec un grand chapeau et une petite robe à fleurs décolletée ; derrière elle, un immense paquebot en partance vers Alger. C'était à Port-Vendres ; ils y étaient allés avec leur première voiture, une 301 vert pâle à deux portes, juste après la naissance de Luc.

Il n'a pas la force de regarder les autres. Il range les photos et les lettres dans la boîte, et il referme l'armoire, avec une infinie tristesse.

« Je voudrais un petit garçon avec de grosses joues » avait-il dit à Marie-Anne, sans doute parce qu'il se souvenait des années de guerre où il avait eu les joues creuses, n'ayant pas toujours mangé à sa faim. Entre les cours du lycée d'Ondes et la réalité de la terre, il y avait parfois un monde. Si André avait eu son père, ou un oncle, enfin quelqu'un pour le guider, il aurait décelé plus vite ces taches blanches au dos des feuilles de vigne. Quand il les avait découvertes, il avait eu beau sulfater deux journées entières, jusqu'à l'épuisement, le mal était fait : les feuilles grillèrent au soleil et les grappes, contaminées à leur tour, s'étiolèrent. Il avait été si occupé qu'il n'avait pas vu les doryphores qui s'étaient abattus sur son champ de pommes de terre, des tardives qu'il avait semées en espérant les conserver durant l'hiver : quand il arriva pour arracher les herbes, ce n'étaient plus que des rangées de tiges aussi dépenaillées que si la grêle était passée par là.

La première fois qu'il alla souper chez Marie-Anne, sa joie fut celle de l'estomac presque autant que celle du cœur. Là, parents et grands-parents vivaient ensemble, tous rompus aux choses de la terre, sans être allés dans des écoles d'agriculture, et ils se transmettaient leur savoir d'une génération à l'autre. Même aux pires moments de la guerre, On avait toujours mangé à sa faim dans cette maison : profitant du ruisseau qui coulait près de chez eux, le père de Marie-Anne avait installé un moulin à eau afin de moudre le grain ; Alice, sa mère, savait cuire la pâte dans l'ancien four qui avait repris du service dès les premières restrictions, et ils avaient eu du pain presque en abondance, alors que tant d'autres le mesuraient avec parcimonie. C'était « la femme forte » des Écritures : celle qui sait mener son monde, faire aller la maison, procurer à tous de quoi manger. Il y avait toujours, dans la vallée humide où était blottie leur ferme, un peu de maïs dont elle faisait la cruchade, du grain pour la volaille, des œufs au poulailler permettant de cuisiner les crêpes ou les merveilles.

Alors que sa maison de Bertranot était vide, comme elle l'est redevenue aujourd'hui, André avait eu chaud dans tout son être en prenant ce premier repas avec eux, et puis tous ceux qui avaient suivi.

Il se souvient de ses noces, où tous les gens de la commune s'étaient rendus, par amitié sans doute, mais aussi parce qu'ils n'avaient pas voulu manquer cette occasion de ripailler en abondance après cinq ans de privations.

Luc était né au début de l'année suivante – le jour de la Saint-Luc, en plein mois des palombes –, et André revoit avec un serrement de gorge ces moments de bonheur lorsque le « petit garçon aux grosses joues », dont il avait rêvé, s'était mis à courir autour de la maison.

Ce furent ses beaux-parents qui lui avancèrent l'argent nécessaire aux premières plantations. Celles de la vigne, dont il arracha tous les vieux ceps dans les parcelles les plus délabrées afin de démarrer sur des bases saines. Il y planta aussi des pêchers, selon la mode d'alors, leurs bouquets dépassant les rangs de vigne à intervalles réguliers. Près du cimetière, il garda deux hectares pour le blé, réservant les parcelles les plus éloignées à la récolte du foin dont il nourrissait les bœufs.

Trois ans plus tard, après la naissance de Philippe, son cadet, il acheta son premier tracteur, un Clétrac à chenilles qui s'accrochait comme une ventouse aux pentes abruptes de ces coteaux. Même quand il acquit, plus tard, un Ferguson, plus maniable et à l'élégante couleur grise qui lui rappelait celle des palombes, puis un autre Ferguson, rouge celui-là, et au moteur Diesel, il garda longtemps ce petit chenillard musclé qui n'avait pas son pareil pour tirer une charrette embourbée ou arracher un arbre devenu encombrant sur un talus. Et puis, même si le Clétrac ne servait plus beaucoup, il permit à André d'obtenir des bons d'essence détaxée dont il utilisait les excédents pour sa voiture. En toute illégalité, bien sûr. Cette pratique, commune à toute la paysannerie d'alors, n'avait pas manqué d'attirer la suspicion des âmes vertueuses. Un journaliste à particule, originaire de Gascogne pourtant, et de souche paysanne lui aussi – mais de la haute, celle qui n'a jamais sali ses mains avec la terre –, s'était indigné sur trois colonnes du journal Sud-Ouest contre ce privilège exorbitant dont bénéficiait le monde rural. Personne n'ayant su lui répondre que ce petit avantage pouvait compenser un peu l'escroquerie des cagettes, le privilège avait été supprimé, comme celui des bouilleurs de cru quelques années auparavant. C'étaient des estocades, pas même des coups de bélier, mais petit à petit se grignotait le revenu des paysans, au nom de principes édictés par des gens lointains qui se souciaient autant de la terre que d'une queue d'oignon.

À cette époque, André avait bien fait de diversifier ses cultures, car le vin se vendait si mal, alors, que c'était une désolation. Ce que donnait le marchand de vin, lorsqu'il venait avec sa grosse citerne dans la cour de Bertranot, André en aurait pleuré. Heureusement qu'il découvrit vite ce que ne lui avaient pas appris à Ondes ses professeurs : le vin écoulé en douce à des particuliers, à coups de bonbonnes, ou même par barriques, à des patrons de bistrot, des restaurateurs qui venaient, la nuit, avec une fourgonnette, de Houeillès ou de Casteljaloux.

Ce n'était pas l'opulence pour autant, et Marie-Anne souffrit plus d'une fois du nouveau tracteur qu'achetait André plutôt que de changer la voiture, de la charrue ou de l'atomiseur qui passèrent avant la réfection de la cuisine. Chaque hiver, une équipe de quatre greffeurs venait du Gers : il fallait les loger, les nourrir. André ne peut s'empêcher de sourire en revoyant le vieux Calixte et sa torpédo pétaradante, un modèle d'au moins trente ans où l'herbe poussait sur les sièges et dont le moteur haletait au sommet de la côte : il y transportait néanmoins sa petite troupe qui arrivait hilare à Bertranot, le visage enfumé par les vapeurs jaillissant du capot. Ces Gascons bons vivants profitaient de l'aubaine pour faire bombance et se couchaient à des heures tardives, après d'interminables veillées : une nuit, l'un d'eux, agité sans doute par le vin blanc qu'il avait ingurgité pendant la soirée, gesticula tellement dans son lit qu'il fit sauter le bouchon de la bouillotte, et Marie-Anne dut se relever pour lui changer les draps.

Mais c'était la vie, celle de la campagne, et nul ne songeait à s'en plaindre. Avec leur domestique qui mangeait à table, ils n'avaient de repas en tête à tête que deux ou trois fois par an, lorsqu'ils allaient au cinéma, et qu'ils soupaient en ville. Les enfants grandissaient ; leurs petites personnalités toutes neuves commençaient à se dessiner. Luc, l'aîné, semblait fait pour l'école : Marie-Anne voulait qu'il soit notaire, ou professeur. C'était un garçon sensible et affectueux, volontiers porté à la rêverie. De toute façon, avec Philippe, la relève paraissait assurée pour reprendre en main, le moment venu, l'exploitation de la propriété. En guise de jouets, Philippe ne voulait que des tracteurs en miniature dont il s'amusait des heures entières dans un coin de la cuisine, et qu'il martyrisait parfois : avec les roues rescapées, André lui fabriquait de petites remorques, et à cinq ou six ans, Philippe s'entraînait à les faire reculer, calculant au plus juste l'angle des roues du tracteur afin de maîtriser la manœuvre. En voiture, s'il lui arrivait de sommeiller, il suffisait qu'André dise :

« Là ! un tracteur ! »

Et le petit bonhomme sursautait sur son siège, cherchant l'engin des yeux :

« Où ça ? Où ça ? »

Il en connaissait toutes les marques, dont le seul nom le mettait en émoi : Vandeuvre, Massey-Harris, Caterpillar, Fordson-Major... De même que la dénomination bizarre des nouvelles machines : cover-crop, rotavator... À peine avait-il su parler qu'il s'exerçait à leur prononciation difficile.

Ce qu'il y avait d'étonnant, c'est que les traits fins de Philippe, au cours de ses toutes premières années, le faisaient ressembler à une fillette. Marie-Anne, qui eût souhaité une fille après la naissance de Luc, avait accentué cet aspect en laissant pousser en longues boucles les cheveux blonds du garçonnet. Des imprudents s'étaient avisés de le railler, mais si son apparence avait quelque chose d'une fillette, son caractère était bien celui d'un petit homme. L'épicier ambulant qui passait à Bertranot chaque semaine avec son fourgon en avait fait les frais :

« Alors, voilà votre demoiselle... » avait-il plaisanté au moment où il ouvrait de l'intérieur la porte arrière de son véhicule. Et il s'était esclaffé en installant sa balance sur un comptoir de fortune.

En un éclair, l'enfant avait balayé l'étal d'un revers de la main, et la balance s'était retrouvée démantibulée sur le sol.

Une autre fois, au cours des vendanges, un saisonnier qui mangeait à leur table risqua la même plaisanterie : sans répondre, Philippe, juché sur sa chaise haute, lui lança une fourchette au visage.

L'enfant fut réprimandé, pour le vendangeur et pour l'épicier, mais au fond de lui, André se réjouissait de trouver en Philippe les germes de cette fierté qui fait la noblesse des gens de la terre.

En somme, c'était la situation idéale : l'un des deux fils réaliserait le vieux rêve des paysans, celui d'avoir un salaire fixe « qui tombe à la fin du mois », une situation où l'on ne craint pas les gelées ni la grêle, un métier avec costume et cravate. L'autre fils reprendrait la propriété le jour où André, devenu trop vieux, lui céderait la place après lui avoir fait part de son expérience forgée sur ses réussites autant que sur ses échecs. Autrefois, en Gascogne, trop de familles s'étaient contentées d'un fils unique afin de ne pas disperser l'héritage : si ce fils, trop choyé, préférait un métier de la ville, ou s'il lui arrivait un malheur – il en était mort tellement, de ces fils uniques, pendant la guerre de 14 ! –, la ferme était vouée à l'abandon, à la friche, et la maison désertée s'écroulait parmi les ronces.

Fils unique lui-même, par la force des choses, André avait bien senti, dès son enfance, que l'avenir de Bertranot reposait tout en entier sur ses épaules de collégien, quel qu'eût été son désir de faire autre chose. Mais avait-il eu réellement envie de faire autre chose, de choisir une autre destinée que celle dont il avait entendu l'appel presque en naissant ? Le souci de ne pas abandonner la propriété léguée par ses ancêtres avait été le plus fort. Cette fidélité à la terre, accumulée de génération en génération, comme des couches géologiques qui façonnent le sol, avait fini par créer, même chez les plus humbles, une sorte d'aristocratie terrienne, viscéralement attachée à sa vigne ou à son champ de blé, autant qu'un noble pouvait l'être à son château.

« Alors vous allez planter des carottes ? »

Les mots du préfet de discipline lui revinrent à l'esprit. Pourquoi pas des carottes, tout autant que du blé ou de la vigne, quand on peut être quelqu'un grâce à la terre qui fut celle de vos parents et de vos grands-parents, plutôt que « n'importe qui » dans la masse des grandes villes ?

André ne regrettait pas alors le destin qu'il s'était choisi, d'autant plus que son fils venait après lui. Philippe continuerait son œuvre et bénéficierait des sacrifices qu'il s'était imposés pour remettre en marche la propriété malmenée par les malheurs.

Mais la fatalité s'était à nouveau acharnée sur Bertranot, et il était sans doute écrit quelque part qu'André devait finir sa vie tout seul, dans cette vaste maison de famille que ne peuplaient désormais que des fantômes.

VI

« Quand est-ce qu'elle a été neuve notre maison, Papa ? » lui avait un jour demandé Luc, alors qu'il était encore un tout petit garçon au babil inlassable.

« Jamais ! lui avait répondu André. Elle n'a jamais été neuve. »

Il y avait dans sa réponse un peu de découragement face à tant de bâtiments vétustes qu'il devait réparer. La maison était disposée en trois corps : pour l'habitation, un gros cube central robuste et cossu, entouré par les dépendances, plus longues et plus basses. Un côté dévolu à la grange* et au poulailler ; à l'extrémité de cette aile, logeaient aussi les domestiques. L'autre côté, c'était pour le chai, la forge et le four à pain qui avait été conservé « parce qu'on ne sait jamais ». Cet ensemble largement étalé sur le sol donnait l'impression qu'on n'avait pas lésiné sur l'espace au moment de le construire : seuls les ormeaux centenaires qui bordaient l'allée paraissaient avoir mis des bornes à son étendue.

« Des hectares de toitures », soupirait alors André, avec plus d'angoisse que de fierté. Le chiffre était exagéré, mais il en disait long sur sa réelle inquiétude. Pendant plusieurs décennies, toutes ces toitures n'avaient fait l'objet d'aucun soin. À peine quelques rafistolages sommaires, souvent trop tardifs, lorsqu'une tuile cassée laissait l'eau s'écouler sur la charpente. L'intérieur de la maison d'habitation n'avait pas reçu de peintures depuis si longtemps qu'on pouvait penser, en effet, qu'elle avait toujours été vieille.

Il para d'abord au plus pressé, fit colmater les fuites d'eau, remplaça les chevrons et les poutres rongés par la pourriture. L'hiver, il abattit des bioulasses* noueuses, des pins gemmés insensibles aux cussons, qu'il portait à la scierie afin de restaurer les charpentes à meilleur marché. Puis il fit recouvrir entièrement le toit du chai que son grand-père avait agrandi : le chéneau en zinc reliant les deux toitures aux pentes inégales s'était délabré. Pendant des années, l'eau s'infiltra peu à peu dans les bois, et l'ensemble était près de s'écrouler. Quand les pentes redressées, les dalles refaites, les tuiles renouvelées purent à nouveau affronter les averses et les orages, un sentiment de satisfaction intense l'avait envahi, semblable à celui qu'éprouve un médecin lorsqu'il vient de sauver la vie d'un grand blessé.

Ensuite il s'était attaqué au toit de l'étable, dont les fermes, d'une portée de dix mètres, menaçaient de lâcher. Il les avait renforcées de bastaings neufs. Les planchers en étaient si cussonnés que nul n'osait plus s'y aventurer depuis qu'un domestique était passé au travers : heureusement ses larges épaules se calèrent entre deux chevrons et il resta suspendu. En entendant ses cris, on était accouru pour l'extirper de cette posture. André fit boucher le trou qui était resté béant pendant près de trois décennies, et dans la foulée, il remplaça toutes les planches par du parquet noueux que la scierie lui avait cédé à bas prix.

Dans la maison, Marie-Anne avait fini par obtenir que la cuisine soit rénovée : c'était normal, car elle y passait la majeure partie de son temps, préparant la cuisine pour le personnel qu'il fallait nourrir à midi, et quelquefois le soir. D'ailleurs, à la campagne, les paysans vivent essentiellement à la cuisine. Ne serait-ce qu'à cause de la confortable cheminée qui chauffe la pièce, et où l'on fait griller la cochonnaille en hiver.

Tous deux se félicitaient de l'avoir conservée, cette cheminée, au temps où tout le monde les démolissait parce qu'elles paraissaient d'un autre temps : eux, du moins, avaient su la garder. Cependant ils regrettèrent plus tard d'avoir vendu à un brocanteur le vieux buffet de cerisier, surtout quand arriva la mode du « rustique » et de « l'ancien ». Mais qui eût pu prévoir alors cet engouement pour les humbles objets d'autrefois ?

Les murs étaient enduits d'un vieux crépi de chaux tout craquelé, sans doute aussi ancien que la maison : ils l'avaient fait recouvrir par un plâtre bien lisse. L'évier de pierre avait cédé la place à un évier blanc émaillé, moins pittoresque peut-être, mais tellement plus facile à entretenir. Marie-Anne avait voulu que tout soit remis à neuf dans cette pièce : le maçon vint poser un dallage aux couleurs vives, luisant sous la serpillière, au lieu des vieux carreaux de terre cuite, presque tous fendus ou posés de guingois sur une couche de mortier maigre et de sable à renard. Les solives enfumées où tant de générations avaient suspendu les saucisses et les boudins représentaient pour André toute la vieillerie de cette maison : un lambris de pin tout propre, luisant de vernis, les avait dissimulées.

À chaque rentrée d'argent imprévue, marginale – une vente de quelques cannes de bois, les revenus du porte-greffe, leur part de résinage –, ils achetaient une paire de fauteuils, des rideaux pour la salle à manger, quelques chaises solides au fur et à mesure que le cusson venait à bout des sièges bancals qui avaient supporté le poids de plusieurs générations.

Puis ils firent installer des douches, un lavabo et aussi des toilettes dans l'ancienne chambre de bonne qui servait depuis longtemps de débarras. Les toilettes à l'intérieur de la maison, c'était une nouvelle vie, un vrai luxe : plus besoin d'aller se geler l'hiver dans les cabinets du jardin.

Petit à petit, la vieille maison rajeunissait : cela faisait si longtemps qu'il n'y avait pas eu un jeune couple dans ces murs, deux enfants en train de jouer, courant d'une pièce à l'autre.

« Comme tout cela est vite passé ! » soupire André en déroulant devant le rideau morne de la pluie ces moments heureux de son existence.

Avait-il profité suffisamment de ce bonheur ? L'avait-il assez savouré ? C'est une question que l'on se pose toujours en vieillissant. Il avait eu tant de travail, alors, qu'il n'avait peut-être pas consacré aux deux petits tout le temps qu'ils réclamaient. Le soir, il ne se mettait à table qu'à la nuit tombée ; il partait tôt à l'aurore. Le dimanche, il le leur réservait cependant, du moins quand ils eurent huit ou dix ans. Mais leurs premiers pas, c'était Marie-Anne qui les avait guidés. Il se disait à cette heure qu'il aurait dû faire davantage, laisser son travail plus souvent, rester avec eux dès qu'il rentrait des champs au lieu de repartir à la forge aiguiser les socs, ou à l'atelier réparer un outil. S'il avait agi de la sorte, peut-être la vie de ses enfants, et la sienne aussi, maintenant, aurait été différente. Ce qu'il y a de terrible dans l'existence, c'est qu'on ne peut pas faire un brouillon, une ébauche, et mettre au propre ensuite, quand on a corrigé ses erreurs.

*

Il est descendu dans la cuisine et regarde par la porte-fenêtre la pluie qui continue à tomber. Normalement, il aurait dû déjeuner, faire chauffer un bol de café au lait, mettre à griller deux ou trois tranches de pain. Mais aucun appétit ne lui vient. À travers la vitre, il aperçoit sa vigne et songe avec tristesse qu'elle ne lui sera plus qu'une étrangère, comme ces êtres qu'on a aimés longtemps et dont la vie, un jour, nous sépare. Ensemble ils avaient vécu encore dans une intense communion de la sève et de son sang, tout au long de ces dernières semaines, pendant la durée des vendanges. Mais à présent, c'était bien fini. La signature de l'acte, le mois prochain, ce n'était plus qu'une formalité.

Le carrelage qui brillait sous ses pieds le ramena quarante ans en arrière, aux temps heureux où tout se métamorphosait dans cette maison qui avait abrité tant de chagrins. Oui, malgré les sacrifices qu'ils s'étaient imposés, avec Marie-Anne, cette période de sa vie avait été la plus heureuse. Les deux enfants jouaient autour de la maison, lui demandaient des histoires, le soir, après le souper : « Il était une fois un petit éléphant qui s'appelait Boulou-Kalari... »

Luc et Philippe écoutaient ces récits sans dire un mot, blottis contre lui.

« Un jour, un groupe de chasseurs entra dans la jungle. Sentant le danger, Boulou-Kalari se mit à courir de toutes ses forces... »

Parfois, André devait s'interrompre car Luc était au bord des larmes. Alors, pour que revienne la gaieté de ses petits, André prenait les Lettres de mon moulin dont il leur lisait les contes les plus drôles. Et les enfants retrouvaient leur sourire en écoutant le péché de gourmandise de Dom Balaguère ou les facéties de ce vaurien de Tistet Védène.

Ce souvenir le rassura : on a parfois tendance à tout noircir. Oui, il y avait eu aussi ces moments où il restait près d'eux, le soir, il se les rappelle bien, maintenant. Mais le souvenir s'amenuise dans la mémoire, on ne garde que des images furtives qu'il faut aller dénicher, à tâtons, dans les labyrinthes de son passé.

André se revoit tout à fait, à présent, ses deux enfants sur les genoux, heureux de les voir profiter d'une insouciance qu'il n'avait pas connue à leur âge. Avec sa grand-mère, au même endroit, près de la cheminée, c'étaient des prières quotidiennes pour ses parents disparus ; et celles qu'il prononçait alors à l'intérieur de lui-même, sans oser les dire à voix haute :

« Mon Dieu, faites que ma grand-mère ne meure pas. Faites qu'elle ne me laisse pas seul. »

Il en avait eu la hantise tout au long de son enfance : que sa grand-mère meure, et qu'il se retrouve seul, petit garçon perdu dans cette vaste maison où la forêt menaçante s'arrêtait à la limite des murs. Qu'adviendrait-il de lui si elle mourait avant qu'il soit devenu grand ? Serait-il conduit dans un orphelinat ? C'était un cauchemar qui l'avait réveillé souvent, la nuit, et qui resurgissait parfois, même au crépuscule de son existence, quand son sommeil était troublé.

Heureusement pour lui, la grand-mère avait su attendre. Juste ce qu'il fallait. Quelques mois seulement après qu'il eut rencontré Marie-Anne. Et il revoyait ce bonheur des premières années de son mariage, ses enfants près de lui, la maison redevenue vivante.

VII

Leur vie s'était écoulée, au rythme des saisons. À la campagne, on vit plus qu'ailleurs au rythme des saisons.

Le moment venu, ils avaient accompagné les enfants à la communale, celle où André lui-même était allé autrefois. Luc et Philippe avaient ainsi connu les derniers instituteurs du village, qui ne restaient guère longtemps dans cette classe unique, toujours menacée de fermeture. André ressentait une satisfaction irrationnelle à les voir assis sur les bancs qui avaient été les siens autrefois, écrivant sur ces bureaux noirs que venait cirer chaque semaine la vieille Carla, une Italienne qui s'était retirée sur ce coteau après la mort de son mari. À chacun des maîtres qui passaient dans cette école, il apportait la première cagette de pêches ou de chasselas, et surtout, le présent* du cochon, ce cadeau de saucisses, de côtelettes et de boudins que les métayers offraient aussi à leurs propriétaires. Il était d'usage de donner ainsi une petite part de sa récolte aux instituteurs, depuis les temps lointains où la République les payait si mal que les habitants de la commune les aidaient, de cette façon, à subsister. Lorsqu'il y avait encore un curé dans la paroisse, il recevait lui aussi ces « présents » de ses ouailles.

En ce soir d'octobre où il est seul devant sa cheminée, André revoit avec tristesse tout ce qui s'en est allé depuis sa propre enfance : le dernier curé du village, au début des années 30, avait été celui qui, un soir, s'était fait passer pour Ravachol. Après lui, le presbytère fut fermé, définitivement, servant d'entrepôt communal, avant que vienne la mode des salles polyvalentes : on en avait abattu les cloisons pour que les habitants du village, et ceux des environs, s'y retrouvent à l'occasion de repas de chasseurs ou de fastidieux lotos auxquels André n'aimait guère se mêler.

L'école avait survécu au presbytère pendant un demi-siècle : c'était le triomphe posthume de l'instituteur sur son ennemi de toujours, le curé du village. André retrouve dans sa mémoire quelques-uns de ces maîtres qui s'étaient succédé ici : ce pauvre Dugau que la guerre avait tué le jour même de ses trente ans, l'avant-veille du 18 juin. Puis une institutrice, Germaine, celle qu'il avait quelque temps « fréquentée ». Et ceux d'après la guerre, les derniers : quelques hommes, quelques femmes, dont le renouvellement devenait de plus en plus rapide, et qui ne tenaient guère à rester longtemps dans ce hameau reculé. Ils avaient tous de bonnes raisons de demander leur mutation dès la rentrée suivante : celui-ci avait préféré un poste dans une école d'agriculture ; cette jeune femme devait accoucher bientôt : ce fut un remplaçant qui acheva l'année scolaire. Aucun ne sollicitait une année de plus. L'un de ces maîtres de passage cherchait un emploi de bureau pour son épouse, et le village, qui occupait déjà un secrétaire de mairie deux après-midi par semaine, aurait été bien en peine de le lui procurer. La vérité, c'est qu'ils partaient tous pour la ville, ou des bourgades plus peuplées, moins à l'écart. Et déjà, commençait le déclin de cette vie rurale dont André mesure aujourd'hui tous les désastres.

Au moins pouvait-il se réjouir, alors, que ses enfants aient connu l'ultime époque d'un monde paysan qui avait si peu changé depuis des siècles. Il pensait que ce capital de ruralité, acquis pendant leur enfance, ne serait jamais totalement perdu.

« Il leur en restera toujours quelque chose, aimait-il à se dire. Ces valeurs paysannes ont fait leur preuve il n'y a pas si longtemps encore. Pendant la guerre, on a moins souffert de la faim à la campagne que dans les villes. Même moi. »

Pour se rendre à l'école du village, les petits avaient donc pris le même chemin que lui autrefois. Ils avaient descendu et remonté l'allée où, enfant, il enlevait les grosses chaussettes dont l'affublait sa grand-mère. Il éprouvait du bonheur à les voir s'arrêter dans les mêmes fossés, musarder autour des mêmes haies à la saison des nids, s'attarder le soir autour des flaques d'eau ou d'une place de violettes en rentrant à la maison.

Avec eux, il avait aimé se retrouver les soirs d'automne autour des premières flambées, semblables à celles qu'il venait d'allumer ce soir. L'hiver surtout, quand la glace n'avait pas fondu de la journée et qu'elle se redurcissait au crépuscule dans les trous de la cour ou se figeait en dentelles sous le rebord des toits.

C'est l'été sans doute qu'André voyait le plus ses enfants, à cause des grandes vacances. Il était pourtant plus occupé que jamais en juillet, puis pendant la première quinzaine d'août. C'était encore le temps où les paysans se reposaient à l'ombre pendant le plus gros de la chaleur. Jamais les domestiques ni le personnel journalier ne seraient partis dans les vignes quand le soleil chauffe si fort la terre qu'on se croirait dans un four. Ils s'allongeaient devant les dépendances, sous les acacias de la cour qui les protégeaient de la canicule.

André restait avec les enfants et Marie-Anne sous le marronnier, sommeillant, lisant un livre, en attendant que se dilue dans l'air cette vague torride et sèche qui déferlait à travers les pinèdes. Le marronnier, c'était une cathédrale de feuilles, qui faisaient son désespoir en automne quand il devait les emporter par charrettes entières. Mais l'été, c'était un dôme presque noir qui faisait un bouclier contre les lances aiguës et aveuglantes du soleil. Ses voussures s'entrelaçaient à l'infini, interceptaient les dards brûlants et maintenaient un semblant de fraîcheur tiède au-dessous d'elles. Seuls perçaient le crépitement des pommes de pin, aussi strident que du sel sur la braise, et la mélopée lancinante, infatigable, des cigales.

André souffrait comme la terre de ces chaleurs excessives. Il haletait avec elle quand la canicule se prolongeait ; il scrutait le ciel dans l'attente de quelques nuages qui apporteraient, sinon la pluie, du moins l'apaisement d'un air moins torride.

« Je n'aime pas les cigales, disait-il. Elles me font trop chaud. »

Mais il savourait cette halte dans sa vie quotidienne, ces moments de repos qu'il prenait avec les siens. Parfois, le soir, ils s'y retrouvaient encore, goûtant délicieusement les souffles presque frais qu'amenait l'arrivée de la nuit. Ils écoutaient sans se lasser le coassement des grenouilles qui se rassemblaient autour de la mare, ou les crapauds flûteurs dont les mélodies cristallines emplissaient l'ombre d'une indicible sérénité.

Le dimanche, ils partaient tous ensemble à la Lagüe, où l'appelaient tant de souvenirs. Là, parmi les pins, ils s'abandonnaient à la caresse vive de cette eau que le sable sec aurait dû boire.

« C'est après le Déluge que ce lac est resté ici », racontait André aux enfants. Et il leur inventait mille légendes, des arches de Noé s'échouant sur la rive, des souterrains mystérieux reliant le lac à la mer lointaine. Les enfants l'écoutaient en se séchant sur la berge, puis ils repartaient, poursuivaient une libellule au-dessus des joncs, ou se jetaient dans l'eau avec des piaillements de fauvette.

Avant que ne se construisent des piscines dans les plus grosses communes, les habitants des villages environnants aimaient aller se baigner à la Lagüe dès qu'arrivaient les premières chaleurs de l'été. Depuis qu'avec Anne-Marie ils avaient acheté une voiture, quelques minutes leur suffisaient pour se rendre sur cette plage au sable brodé par l'humus des bruyères.

Plus tard ils s'accordèrent quelques jours au bord de la mer, après le 15 août, quand les récoltes de l'été sont engrangées, que les sulfatages deviennent moins nécessaires, et que les raisins se gonflent tout seuls en attendant les vendanges. C'était surtout pour les enfants qu'André faisait ces petits voyages : il connaissait trop la chaleur que retiennent entre eux les rangs de vigne pour aimer la retrouver, plus forte encore, sur le sable des plages. Le plus souvent, ils se rendaient à Capbreton plutôt qu'à Biscarosse ou Mimizan qui eussent été plus proches. Mais à Capbreton, il y avait le port, avec ses bateaux de pêcheurs dont le départ et le retour fascinaient les enfants. Le retour surtout, quand ils débarquent leurs caisses remplies de poissons étranges, de crabes effrayants, et de langoustes tellement plus grosses que les écrevisses de leur ruisseau.

André aurait préféré passer quelques jours à la fraîcheur des Pyrénées, ces montagnes dont le souvenir habitait sa mémoire depuis les Chantiers de jeunesse ; mais les enfants, eux, éprouvaient tant de bonheur à retrouver la mer qu'il leur sacrifiait ce plaisir.

« La chaleur, les paysans ne l'aiment pas, leur disait-il. Voyez nos maisons, elles ne sont jamais orientées vers le sud, mais vers l'est. C'est l'est que regardent leurs façades. Elles prennent le soleil le matin, aux heures où il est encore frais, mais tout le reste de la journée, elles se protègent de lui. »

C'est en portant un plateau de pêches à l'instituteur, un jeudi de juin, qu'il avait découvert les petits glaçons cubiques du réfrigérateur. L'instituteur lui avait offert à boire pour le remercier, et André s'émerveilla qu'on pût avoir ainsi à domicile ces minuscules cubes gelés. Il y avait bien un atelier qui fabriquait de la glace, pas très loin de Bertranot, de gros blocs qu'on ramenait avec peine sur le porte-bagages du vélo. Il fallait ensuite les briser avec un marteau, mais tout cela était si difficile qu'on les réservait pour les mariages, les communions, les grandes fêtes de famille. Le reste du temps, André se contentait de l'eau rare et glacée du puits qu'une noria remontait d'une profondeur de vingt-huit mètres. Il la versait aussitôt dans des cruches vernissées qui la maintenaient fraîche durant quelques heures. Parfois même, il descendait à une source située au bas de la colline parce qu'il en préférait le goût. Il en aimait aussi le nom : le Pichourlet. Rien qu'à le dire, on croyait entendre son filet d'eau couler sur la mousse. Mais, aussi vite qu'il ait pu la transporter à la maison, la porosité du grès ne parvenait pas à prolonger longtemps sa fraîcheur.

En revenant de l'école, André décida que leur prochaine dépense serait un réfrigérateur. Moins pour conserver les aliments, qu'on avait toujours gardés dans le chai jusqu'ici, protégés des mouches et des souris par le grillage fin du garde-manger, que pour le luxe de produire soi-même, et à volonté, ces glaçons dont il rafraîchirait son verre.

Ce fut d'ailleurs à la même époque, peut-être l'année d'après, que la commune fit amener l'eau courante, non seulement dans le village, mais auprès de chacune des fermes. Finie la corvée de la noria qu'il devait actionner avec un volant aussi vaste que le gouvernail d'un navire. Désormais, au-dessus de l'évier, l'eau coulait à un robinet, sur une simple pression des doigts. Bientôt un autre robinet rejoignit le premier, et l'eau chaude, à son tour, arriva dans la cuisine.

Toute cette période avait été une parenthèse de bonheur. Lorsqu'il comparait sa vie à celle qu'il avait connue dans son enfance, avant l'électricité, au temps où il avait peur de l'ombre, le soir, avec sa grand-mère, dans cette vaste maison isolée, il mesurait le chemin parcouru par l'homme au cours de ce XXᵉ siècle. Et il commençait à croire à cette phrase de Victor Hugo que son instituteur aimait à lire en classe, à l'école du village : « Le XIXᵉ siècle est grand, mais le XXᵉ siècle sera heureux. »

*

Ce soir d'octobre, trente ans plus tard, c'était une autre page des *Misérables* qui lui revenait, une de celles que son instituteur lisait aussi à ces enfants de paysans qui fréquentaient son école. André ne se souvenait pas du texte à la lettre, mais il en avait retenu l'esprit : Victor Hugo y méditait sur tous les engrais qui se perdaient dans les égouts de Paris et que la Seine dispersait dans la mer. Il y voyait un limon plus riche encore que celui du Nil, capable de fertiliser toutes les terres de France, de vaincre la famine, et de rendre le peuple aussi prospère qu'il l'avait été du temps des anciens pharaons.

« Quelle dérision ! » se dit André. Aujourd'hui, toutes les terres avaient été tellement enrichies par les engrais que les hommes ne crevaient plus de pénurie mais de surabondance. Les pommes, les pêches, on les arrosait de mazout et le gouvernement payait sans vergogne cet acte de vandalisme. Il vous subventionnait même pour laisser vos champs en jachère, un joli mot pour maquiller l'abandon de la terre dont on faisait un désert.

André voit bien maintenant que ses années de bonheur coïncidèrent avec la fin de l'ancien monde, celui qui ressemblait encore à l'existence menée du temps de ses parents, de ses grands-parents, et même plus loin encore. Une vie rurale qui avait, au fond, si peu changé depuis des siècles. Jusqu'à la guerre de 39-45, c'étaient des attelages de bœufs qui tiraient les charrues, traînaient les charrettes. Les gens se déplaçaient à cheval ou sur une carriole. Et puis tout s'était mis à aller très vite : les automobiles avaient remplacé les chevaux, les bœufs cédèrent la place aux tracteurs ; et les vélos de son adolescence, les jeunes les délaissaient pour des cyclomoteurs pétaradants.

Ce confort nouveau, sans que nul ne s'en soit rendu compte, sonnait le glas de coutumes et de rites qu'on avait crus jusqu'alors éternels et immuables. Cela devait se situer au début des années soixante. À cette époque, ils n'avaient senti que les bienfaits de ce progrès qui entrait dans leur façon de vivre. C'était une machine lente à se mettre en route, mais après, rien n'avait pu l'arrêter, et quelques années plus tard, elle allait tuer les paysans comme elle avait supprimé les épiciers, victimes des supermarchés, puis les bouchers et les charcutiers, que l'arrivée des congélateurs avait rendus inutiles.

Un jour qu'André ramassait des pêches avec Philippe sur une pente bien raide du coteau, chacun juché sur une échelle, le frein du tracteur s'était desserré. Peut-être Philippe, qui était alors adolescent, n'avait-il pas suffisamment bloqué la pédale ? Le tracteur et la remorque marquèrent deux ou trois secousses, s'immobilisèrent un quart de seconde, puis ils s'ébranlèrent, très lentement au début. Philippe étant trop éloigné, c'est André qui sauta le premier de son échelle, mais déjà le tracteur roulait plus vite. Le temps d'arriver aux roues arrière, André hésita un instant avant d'escalader le marchepied tant la vitesse s'était accélérée. Les crampons du pneu avaient frôlé sa cuisse, le figeant sur place. Et le tracteur était parti dans le rang, bolide fou arrachant les ceps et les piquets, entraînant les fils de fer qui claquaient comme des fouets de cocher en se rompant. Les plateaux de pêches bondissaient hors de la remorque, s'écrasaient sur le sol. Le tracteur acheva sa course dans le fossé profond qui barre le bas de la parcelle. Sous le choc, la remorque se souleva, monta à la verticale, et retomba en se fracassant. Tout le train avant du tracteur fut à refaire. Heureusement encore que ce fossé l'avait empêché d'aller plus loin, sur la route où il aurait pu laminer un passant, un cycliste, ou percuter une voiture.

Ce rang détruit, le précieux chargement saccagé, cette remorque démolie, le tracteur gravement endommagé, André avait payé très cher cette petite secousse du début, ce frein qui s'était subitement desserré.

Le progrès, André le voyait à cette image. À peine perceptible au début, il avait démarré lentement, lui aussi, puis rien n'avait pu ralentir sa course, et il s'était accéléré, de plus en plus vite, de plus en plus fou, broyant tout l'ancien monde sur son passage.

Pourtant, si c'était le progrès qui avait détruit l'ancien monde, l'univers de sa vie s'était détruit plus sûrement encore. Et pas seulement à cause du progrès qui avait vidé les campagnes de leurs habitants et de leur substance même. Une sorte de fatalité s'était acharnée, le privant, tour à tour, de tous les êtres qu'il avait aimés, qui avaient peuplé son existence, le laissant seul aujourd'hui, vieil homme sans personne autour de lui, sans successeur, abandonnant à d'autres ce bien familial légué par ses ancêtres.

VIII

Les premières années de son mariage, l'enfance de Luc et de Philippe, André pouvait les marquer d'une pierre blanche. Une éclaircie entre les orages. Le vignoble avait été presque entièrement replanté. De vastes parcelles arboraient au printemps le fleurissement de leurs pêchers. Ailleurs, les blés étalaient des calicots d'ambre sur les pentes. André avait eu la chance de conserver Georges, un vieux domestique qui était déjà là du temps de sa grand-mère et qui connaissait jusqu'à la moindre motte de chaque terrain. C'est lui qui savait si le sol convenait à la vigne ou s'il valait mieux l'abandonner à la friche. En vingt-cinq ans de travail à Bertranot, il avait repéré les gouttiers* où les remorques risquent de s'enliser, balisé les rocs dissimulés au ras de la terre et qui eussent rompu les socs. Presque chaque jour venait aussi Maurice, un ancien charron qui avait dû abandonner son métier quand l'arrivée des tracteurs mit fin à l'usage des antiques charrettes. Maurice ne vivait pas avec eux. Il habitait dans le village et travaillait à Bertranot comme journalier. Et puis, dès le début de son installation, André avait embauché Adeline, dont le mari était ajusteur, à quelques kilomètres de là, dans un atelier de pièces métalliques. Une femme robuste, Adeline. Elle n'économisait pas sa peine dans les champs, et venait aider Marie-Anne, quand il le fallait, pour cirer les meubles ou fourbir les chaudrons de cuivre avec du sable et du vinaigre.

Parvenu à la trentaine, André pouvait regarder avec fierté ce qu'il avait fait de Bertranot et de sa vie. Après tout, cela ne lui avait pas si mal réussi d'être allé « planter des carottes ».

Mais quand Luc eut dix ans, ce fut un peu de ce bonheur qui s'arrêta. Avec Marie-Anne, ils décidèrent de l'envoyer en pension à Agen, dans le collège d'assomptionnistes qui avait été autrefois celui d'André. La grand-mère Alice avait insisté pour que Luc partît poursuivre ses études dans ce collège*. Dans la famille, tant du côté de Marie-Anne que du côté d'André, tous avaient été élevés, à des degrés divers, dans des écoles tenues par des congrégations religieuses.

« Si vous voulez en faire un notaire ou un professeur, c'est là qu'il sera le mieux éduqué », leur avait-elle dit.

André avait hésité cependant. La réflexion de l'abbé Fourès sur les carottes ne lui avait pas laissé le souvenir d'une charité à toute épreuve. Du moins

Luc serait à l'abri d'une remarque aussi désobligeante puisqu'il était entendu qu'il ne reviendrait pas à la terre. Il n'en avait d'ailleurs jamais manifesté le goût, mais c'était bien ainsi, et Alice avait sans doute raison. Luc aurait une situation « à la ville », et Philippe qui, malgré ses huit ans grimpait déjà sur les tracteurs, reprendrait la propriété. De toute façon, l'évolution économique était telle qu'il fallait des propriétés plus vastes, et les trente hectares de Bertranot, s'il avait dû les partager entre ses deux fils, n'auraient pas suffi à les faire vivre. Sans doute, quand viendrait le moment, Philippe assumerait-il aussi les vingt hectares des parents de Marie-Anne. En dépit de leur âge, ces sexagénaires s'en occupaient encore, avec deux domestiques, et ne paraissaient pas près de dételer. Mais un jour, dans dix ou quinze ans, il faudrait bien qu'ils passent la main, et cela tomberait juste à point pour que Philippe puisse s'installer dans les meilleures conditions sur une propriété de cinquante hectares. Il deviendrait ainsi le plus gros propriétaire de tous les environs.

L'année où Luc quitta son collège pour la faculté, André connut des vendanges particulièrement heureuses. Depuis qu'à dix ans il avait été envoyé au pensionnat, Luc partait de Bertranot aux alentours du 15 septembre, quand s'achevaient les grandes vacances. À l'époque, dans les établissements religieux, les sorties des collégiens demeuraient parcimonieuses : le dimanche, ils n'étaient autorisés à sortir avec leurs parents qu'à la fin de la messe, et ils devaient rentrer le soir même, avant six heures. Et cette permission n'était accordée que si leur conduite et leur travail avaient été exemplaires tout au long de la semaine. À la moindre incartade, le préfet de discipline les consignait en étude. Ceux qui n'habitaient pas trop loin et qui n'avaient pas démérité partaient effectivement dès le matin, vers les onze heures. Mais les autres, comme Luc, devaient se contenter de mornes promenades dans les rues de la ville pendant la durée de l'après-midi. Tous les mois cependant, il y avait le « dimanche familial » : les parents venaient chercher leurs enfants le samedi soir après les cours, et les ramenaient le lendemain à sept heures. Triste dimanche : à peine le repas de midi était-il achevé que Luc devait se mettre à ses devoirs et à ses leçons pour le lundi.

« Et encore, tu as de la chance, lui avait dit André : de mon temps, ce dimanche familial n'existait pas, et je ne rentrais pas à la maison avant la Toussaint. Après, nous n'avions que Noël et Pâques. Nous ne revenions même pas pour Carnaval. »

Pendant ses années de pensionnat, Luc ne vécut donc à Bertranot que pendant les vacances. Aussi, l'année où il entra à la faculté de Bordeaux, ce fut une aubaine pour lui de rester à la campagne jusqu'à la mi-octobre. Même s'il n'avait pas, comme Philippe, la vocation de la terre, il trouva du bonheur à se mêler à l'équipe des vendangeurs, d'autant plus que Béatrice Gobbatoli, qui venait d'avoir son bac elle aussi et qui se préparait à devenir institutrice, s'était embauchée à Bertranot pour la troisième semaine des vendanges. Le vignoble de son père étant de moindre superficie que celui d'André, ils avaient achevé plus tôt de cueillir la récolte, et Béatrice, afin de se faire un peu d'argent de poche, était venue finir la saison à Bertranot.

André avait été heureux de voir son aîné, qui était presque un homme maintenant, à ses côtés pendant cette période si importante pour un vigneron. Le soir, ils avaient goûté ensemble le bourrut* avec les premières châtaignes, et le matin, ils avaient partagé la volupté du feu qu'on allume dans l'âtre dès l'apparition des gelées blanches, et la tranche de jambon grillée sur la braise avant de partir vers la vigne encore froide de rosée. Enfant, Luc était trop jeune pour en mesurer le prix, mais il s'émerveillait maintenant de ces joies simples qu'il avait oubliées.

Peut-être était-ce à cause de cette connivence, ou parce que la récolte, cette année-là, avait été particulièrement bonne, qu'André décida d'organiser un escoubessol* dont les vendangeurs se souviendraient. D'habitude, au lendemain du dernier jour, quand le personnel venait toucher sa paie, Marie-Anne et André leur offraient une simple collation : Marie-Anne préparait des merveilles, et André servait le vin blanc de la saison, pétillant et sucré, encore trouble de la mystérieuse alchimie qui métamorphose en liqueur d'ambre l'opaque sirop des grappes écrasées. Même depuis qu'il portait sa récolte à la cave coopérative, André avait gardé la tradition du vin blanc qu'on élabore dans son chai, celui qu'on sert aux hôtes de passage ou qu'on met à vieillir, enfoui sous le sable, caché derrière les foudres, en prévision des grands événements de l'existence.

« Si tu veux, Luc, on va faire ça dans la remise : c'est là que j'avais installé les tables pour mon repas de noces. On mettra des bambous sur les murs, Adeline donnera un bon coup de balai par terre, et après la collation, tu emmèneras ton tourne-disque : ceux qui le voudront pourront danser. »

Pour ne pas donner trop de travail à Marie-Anne, ils commandèrent au boulanger Daurignac des plateaux de tartes qu'ils déposèrent sur des tables couvertes de draps blancs. Daurignac connaissait encore les secrets qui rendent incomparable la saveur des tartes à la graisse. Son four, chauffé au bois de chêne, était le creuset où il réalisait le grand œuvre : le sucre, la graisse, la pâte, les premières pommes de septembre s'y mêlaient, se fondaient, et c'était de l'or parfumé qui sortait sur la palette. Il était venu les livrer avec sa Juvaquatre à la fin de sa tournée quotidienne.

Les bancs qui servaient autrefois pour le greffage furent descendus de la poussière du grenier : aucun de ces campagnards n'eût pris du plaisir à manger debout.

Les convives avaient mis leurs habits du dimanche, et la fête prit rapidement un petit air de noces. Comme dans toutes les festivités campagnardes, ceux qui avaient une jolie voix furent invités à montrer leur talent : les plus vieux furent les plus prompts, et tirèrent de leur mémoire des airs d'autrefois. Surtout les Italiens, ceux des premières générations arrivées avant la guerre et qui avaient gardé l'accent de Trévise. Quand l'un d'eux se leva pour entonner « Cual mazzolin di fiori », ils furent quatre ou cinq à reprendre en chœur le refrain. Marie-Anne chanta « C'est la saison d'amour » d'Yvonne Printemps, et quelques jeunes se mirent ensemble pour fredonner des chansons à la mode. André ne se souvient plus très bien, mais il lui semble qu'il avait chanté, lui aussi. Du Charles Trenet, peut-être. Il a oublié maintenant.

Les verres s'emplissaient et se vidaient, une atmosphère de liesse gagnait peu à peu la vieille remise.

Enfin, ce fut le moment de danser. Luc avait réussi à brancher son Teppaz grâce au long fil de la baladeuse dont André se servait pour éclairer le fond du chai. Marie-Anne et André retrouvèrent avec émotion les tangos et les valses du temps de leurs fiançailles. Puis, vers le soir, les convives se mirent à quitter la fête les uns après les autres. Les plus jeunes restèrent jusqu'à une heure tardive. Des couples s'étaient formés. Lorsque Marie-Anne et André s'éclipsèrent à leur tour, ils aperçurent, dans la pénombre, Luc qui dansait tendrement avec Béatrice.

Toute la semaine qui suivit, André garda en lui l'allégresse de cette journée. Mais lorsque Luc prit le train pour Bordeaux, il sentit sa joie se voiler, comme ces ciels d'été qu'un nuage vient obscurcir. Mais il se dit qu'après tout, la vie des uns et des autres, autour de lui, se réalisait de la meilleure façon : ce n'était pas sans fierté qu'il voyait son aîné poursuivre ses études, et il savait que Philippe, un jour, viendrait à Bertranot prendre le relais.

Comme tout cela était bien programmé ! La place vide de Luc, à table, c'est à peine, les premiers jours passés, s'ils en sentirent du chagrin avec Marie-Anne tant l'ordre des choses paraissait établi pour le mieux. Les enfants qui s'envolent du nid, tout le monde sait bien qu'il faut en passer par là, et s'en faire une raison. L'essentiel, c'est que, dans la couvée, il y en ait un qui revienne.

Cependant, lorsque Philippe entra au lycée agricole de Sainte-Livrade, la séparation leur parut plus dure. Ils l'avaient gardé avec eux jusqu'à sa classe de troisième : un car de ramassage le menait chaque jour au collège d'Aiguillon, et tous les soirs, ils le retrouvaient à table. Mais le lycée agricole qui s'était ouvert dans le département quelques années plus tôt était situé tout de même à une trentaine de kilomètres de Bertranot, et ils durent se résigner à inscrire Philippe, à son tour, au pensionnat.

La même année, le vieux domestique qui était là depuis si longtemps, et qui prenait ses repas avec eux, décida de prendre sa retraite. Raymond, celui qui le remplaça, ne resta que deux mois à Bertranot. À l'époque de son service militaire, il avait fait vingt-six mois d'Algérie. Son contingent était parti pour Oran sitôt après l'appel, sans la moindre préparation. Du moins à ce qu'il disait. À dix-neuf ans, ses supérieurs l'avaient affecté à un régiment chargé de missions difficiles : patrouilles à haut risque au milieu des gorges de Palestro, « nettoyage » des hameaux où les insurgés se cachaient, surveillance des vignobles et des orangeraies… Dix ans après son retour, Raymond ne s'était jamais remis des épreuves endurées pendant ses vingt-huit mois de service. Psychologiquement ébranlé, il ne séjournait que peu de temps dans les fermes où il se plaçait comme ouvrier agricole. De plus, quand il avait gardé les vignobles, là-bas, les colons l'abreuvèrent plus que de juste de ce vin généreux dont le soleil faisait monter très haut les degrés. Raymond en avait conservé l'habitude. Le soir, avant de s'installer à table, il buvait deux grands verres de vin coup sur coup. À la suite de quoi, sa langue se déliait, intarissable sur les souvenirs qui l'obsédaient :

« Pendant les patrouilles, la nuit, j'avais la trouille d'être le dernier, parce que je savais que le dernier du groupe se faisait souvent égorger, surtout après le couvre-feu, quand ils avaient coupé "l'étrécité" dans les rues. Une fois, c'est mon meilleur copain qui y est passé. Je l'ai vu s'effondrer à côté de moi, comme s'il avait eu un malaise. À l'école, "l'insituteur" nous avait "espliqué" comment c'était, les malaises. Mais c'était pas ça ! Je me penche : le copain avait la gorge ouverte, et le sang qui giclait comme du rouge à un robinet de barrique. J'avais même pas entendu arriver l'Arabe. Mais j'ai tiré dans le noir à coups de mitraillette, au hasard, en faisant un demi-cercle : Tatatatatata ! Eh bien je l'ai eu, le salaud ! Ça lui avait troué les tripes, vous pouvez me croire ! Mais j'arrête de vous raconter ça, patron, sinon je vais encore en faire des cauchemars cette nuit. »

Et pourtant, dès le lendemain soir, sitôt qu'il avait bu ses deux verres de vin, les récits recommençaient, l'émotion lui donnait soif et la bouteille entière se vidait d'une anecdote à l'autre :

« Une fois, on avait reçu la mission de "nettoyer" un village qui ravitaillait les rebelles. On a tout tué, tout. Les hommes, bien sûr, mais aussi les femmes, les enfants, tout. Même les animaux, les chiens, les poules. Vous comprenez, patron, c'étaient des gens qui ravitaillaient les rebelles, ceux qui venaient nous tirer dessus dans les embuscades. Et puis avec les animaux, les Arabes se gênaient pas, eux non plus. Chez le colon qu'on gardait, ils lui avaient égorgé un troupeau de huit cents moutons. Bah, j'aime mieux plus en parler, je vais encore en faire des cauchemars cette nuit. »

Cela dura ainsi pendant les deux mois où Raymond resta à Bertranot. Seuls ses pataquès parvenaient à mettre un peu de gaieté dans la conversation, comme lorsqu'il parlait de l'« étricité », de « l'insituteur » qui montait la garde avec lui, et du « transpontin » sur lequel il s'asseyait les soirs où il était de service dans un cinéma d'Oran.

Un matin, André trouva sa chambre vide : Raymond avait disparu. C'est Marie-Anne qui apprit, plus tard, par une de ses amies d'enfance, qu'il travaillait chez un maraîcher du côté de Clairac, à dix kilomètres de là. Il en était à sa troisième place depuis qu'il avait quitté Bertranot.

André fut soulagé de son départ : les récits terrifiants de Raymond finissaient par lui donner des cauchemars à lui aussi. Sa logorrhée monopolisait tout le temps du repas et se prolongeait si tard dans la soirée qu'avec Marie-Anne ils en étaient épuisés.

Mais Raymond, néanmoins, avait clos une époque : il fut le dernier domestique célibataire à vivre avec eux et à manger à leur table. Là encore, quelque chose s'achevait : le temps était révolu des domestiques qui vivaient avec leur patron.

Camille, qu'il avait engagé à sa place, était marié : Marie-Anne et André avaient dû agrandir le logement, dans l'aile droite de la maison, afin de loger le couple. Il fallut aménager une cuisine, des douches, et surtout deux pièces supplémentaires car la femme de Camille était enceinte.

Du coup, ils s'étaient retrouvés tous les deux à table, seuls. Autrefois, au début de leur mariage, ils auraient apprécié cette intimité. Maintenant elle leur faisait surtout sentir la vie qui passe, les enfants partis, la roue qui a tourné. Bien sûr il y avait les vacances qui les réunissaient, mais Marie-Anne et André comprenaient bien, sans se le dire, au cours des longues soirées où la télévision et quelques lectures étaient désormais leur compagnie, que le meilleur temps de leur existence était passé.

Alors ils firent des projets de voyage. L'Espagne. L'Espagne si proche, et où ils n'étaient pourtant jamais allés. Et puis l'Italie, un peu plus tard. Marie-Anne tenait beaucoup à un voyage en Italie : elle rêvait de voir Venise. André, lui, c'était Naples et le Vésuve qui l'attiraient.

*

L'année où Luc finissait sa licence d'histoire, Marie-Anne sentit une douleur inhabituelle au sein gauche. Elle se mit à maigrir subitement. Ses jambes lui parurent plus lourdes. Des irrégularités de son cycle lui firent penser à une ménopause précoce.

« Ça s'est déjà vu, chez des femmes de quarante-trois ans » déclarait-elle à André qui commençait à s'inquiéter de la trouver assise au bout de la table quand il arrivait à midi, ou allongée le soir sur le canapé qu'ils s'étaient offert l'année précédente après une coupe de pins.

Ils firent venir leur médecin, le docteur Colleignes. Mais, selon son habitude, celui-ci avait passé plus de temps à bavarder qu'à ausculter sa patiente. Il était accoutumé à voir des femmes qui, au début de la quarantaine, même à la campagne, se trouvent dans une sorte d'état dépressif : la jeunesse qui est derrière soi, les enfants partis, des troubles hormonaux fréquents à cet âge. Les femmes, quoi ! Dans sa carrière de médecin, il en avait vu bien d'autres.

En se retournant, André voit la place où le docteur Colleignes s'était installé, à la table de la cuisine. Ainsi qu'il y était accoutumé, le médecin avait soulevé le couvercle des casseroles, parlé de la pluie et du beau temps, sans qu'on ait jamais su si c'était chez lui de l'indifférence ou le désir de ne pas angoisser les malades. Puis il s'était lancé dans le long récit d'un voyage qu'il venait d'effectuer en URSS. Pendant près d'une heure, il avait monologué, comparant les mérites du système soviétique et ceux du système capitaliste. André voyait la lassitude qui gagnait Marie-Anne : depuis un long moment elle n'écoutait plus, ses paupières se fermaient par intervalles et elle oscillait de la tête comme si elle allait s'évanouir. Le docteur Colleignes se leva de sa chaise en déclarant que « de toute façon, un jour ou l'autre on finirait tous dans un régime communiste », et il allait s'en aller quand André lui rappela l'objet de sa visite. Alors le médecin s'approcha de Marie-Anne, lui prit la tension, palpa son sein douloureux, mais ne trouvant aucune grosseur anormale, il lui ordonna des ampoules de fortifiant.

Sur le pas de la porte, il déclara encore :
« Et n'oubliez pas ce que je vous ai dit, le communisme, on finira tous par y arriver. »

Deux mois plus tard, quand les étudiants incendièrent le Quartier latin et qu'André vit les banderoles maoïstes au-dessus des défilés sur son écran de télévision, il se dit que le docteur Colleignes était plus clairvoyant en politique qu'en médecine. Dès les derniers jours d'avril, Marie-Anne avait dû être hospitalisée d'urgence après avoir consulté un spécialiste. Mais l'ablation du sein n'avait pu enrayer la progression de la maladie.

André se souvient de cet interminable mois de mai, les images des pavés déterrés dans les rues de Paris, jetés au-dessus des barricades, les voitures en flammes, les vitrines brisées : ces nouvelles n'arrivaient plus que par son journal quotidien car la télévision, reprise en main par le pouvoir, était restée muette sur les incidents les plus graves.

L'état de Marie-Anne s'étant subitement aggravé, Luc avait dû rentrer de Bordeaux où la faculté se trouvait paralysée par la grève. Ses examens avaient été reportés en septembre. André s'était étonné de la sympathie qu'éprouvait son fils pour ces hurleurs bien nourris qui manifestaient en vociférant de la haine ; cette jeunesse qui, faute d'avoir eu vingt ans en 1939, s'inventait une révolution dont le souvenir, plus tard, lui donnerait l'aura des anciens combattants.

Mais c'étaient des mots qu'il n'osait pas avouer à Luc, peut-être parce qu'il sentait quelque gêne à entamer une discussion avec ce fils qui l'intimidait un peu maintenant. Avec sa licence presque achevée, Luc employait des termes qu'André ne comprenait pas toujours.

Un soir cependant, à la fin du journal télévisé, il lui demanda :

« Enfin, que veulent-ils au juste, ces étudiants ? »

Luc se lança alors dans de savantes démonstrations, assez confuses, dont il ressortait, néanmoins, que le monde ne pouvait pas durer comme ça. En plus compliqué, c'était un peu ce que lui avait dit le docteur Colleignes.

Peu importait à André, d'ailleurs, que les communistes, les trotskystes ou les maoïstes prennent le pouvoir. Ils pouvaient bien tout prendre si ça leur chantait, même la maison, même les terres, car en ce moment, c'était son monde à lui qui s'écroulait.

Après les ouvriers, qui s'étaient montrés méfiants d'abord, puis qui avaient essayé à leur tour de grignoter quelque chose à la faveur de la mêlée, des groupes de paysans se jetèrent aussi dans la tourmente. Sous le prétexte d'une mévente de fruits, ils se mirent à barrer les routes et à faire brûler de la paille sur les ponts. Mais ils restaient encore des novices en la matière, et ils omirent de prendre toutes les mesures de sécurité qui s'imposaient en pareille circonstance : un matin, à Aiguillon, un conducteur de poids lourd, surpris par ce ralentissement imprévu, déporta son véhicule sur sa gauche et renversa deux manifestants : l'un des deux, le plus âgé, eut la chance de tomber sur l'herbe du bas-côté ; il se tira d'affaire avec trois semaines d'hôpital. Mais l'autre, un paysan d'une quarantaine d'années, s'était fracassé le crâne sur l'asphalte.

Partie de l'université, la grève avait gagné le pays tout entier, et le système éducatif dans son ensemble s'était trouvé paralysé. André dut partir chercher Philippe à Sainte-Livrade, les cours ayant cessé là-bas aussi. En voyant ses deux fils revenus à la maison, Marie-Anne parut aller mieux pendant deux ou trois jours. Elle voulut profiter du soleil de mai : on lui installa une chaise longue sur la terrasse. Mais Luc et André devaient la soutenir tous les deux dès qu'elle voulait se déplacer.

Au début du mois de juin, elle fut forcée de s'aliter. Quinze jours encore elle resta consciente, avalant péniblement la nourriture qu'on lui apportait. Le matin du 21 juin, lorsqu'André vint lui proposer un bol de bouillon, elle avait perdu connaissance. Devant ce corps immobile que remuait à peine une respiration faible et irrégulière, il se revit enfant :

« Tiens, maman, je t'ai porté des oranges. Mange-les, maman, ça te fera du bien. »

*

La pluie a cessé maintenant. André est sorti dans la cour. Il regarde la terrasse où Marie-Anne était restée quelques jours sur sa chaise longue. Et là-bas, sur le coteau d'en face, dressés comme des stèles, les longs cyprès sombres du cimetière.

Un soleil chaud d'automne a succédé à la pluie du matin. Il contemple un instant le ciel bleu un peu terne, plutôt un gris de verre dépoli. Depuis qu'étaient morts les ormeaux séculaires, au tronc rugueux de reptile antédiluvien, plus rien ne séparait Bertranot des horizons qui s'ouvraient à l'infini devant la terrasse.

La pensée qu'il avait eue à son réveil lui traversa de nouveau l'esprit :

« Avec la chaleur et l'humidité, les raisins vont vite pourrir. »

Mais il se souvint aussitôt que sa récolte est rentrée et que ses vendanges étaient finies pour toujours.

« Fini pour toujours… » C'étaient les mots qu'il avait murmurés devant le caveau ouvert, cet après-midi de juin où le soleil brûlait aussi fort que maintenant. Luc et Philippe étaient à côté de lui, le visage décomposé par les larmes, indifférents à cette foule qui les entourait. À côté d'eux, Alice et Marcel, les parents de Marie-Anne. Elle était leur fille unique. Ils étaient abasourdis, pas même révoltés contre cet ordre des choses qui n'avait pas respecté la règle :

leur fille mourant avant eux. Révoltés, ils n'en avaient seulement pas la force. Quand on perd ses parents, on se sent en première ligne face à la mort, comme s'il n'y avait plus personne pour vous protéger d'elle. Mais enterrer ceux qui viennent après vous, ceux dont un déroulement bien ordonné de la vie eût fait qu'ils soient à votre place, devant la tombe ouverte, cela n'a pas de nom.

Lorsqu'ils revinrent à la maison, André s'aperçut que depuis la mort de Marie-Anne, deux jours plus tôt, le tracteur était resté dehors, là où il l'avait arrêté quand Luc vint lui annoncer que tout était terminé. Sa carcasse rouge paraissait une blessure dans la cour. La touffeur de l'air laissait présager un orage pour la nuit. Il décida de le rentrer. Dès qu'il enclencha le contact, des étincelles jaillirent au-dessus de la batterie. Une flamme glissa le long d'un fil, s'allongea, menaçant d'embraser le moteur. André saisit une couverture sur le siège, et la jeta sur les flammes qui s'étouffèrent aussitôt.

Il se rassit alors, pencha sa tête sur le volant, et se mit à pleurer longtemps, longtemps, comme le petit garçon qu'il était autrefois.

IX

Il leur avait fallu ramasser très vite les pêches de Saint-Jean. Avec la chaleur, elles étaient parvenues toutes ensemble à leur maturité. Déjà certaines commençaient à blettir. Puis il y avait eu les pêches jaunes de la mi-juillet, les brugnons quelques jours plus tard, et les poires au mois d'août, ce verger de Guyot qu'André voulait arracher depuis longtemps. Heureusement, au fond, qu'ils avaient eu cela tout l'été pour ne pas trop penser à leur malheur.

André savait gré à Camille d'avoir été si proche de lui pendant ces semaines terribles. Il le revoit pleurant contre lui dès qu'il avait su la mort de Marie-Anne :

« Oh, patron... patron... c'est terrible, cette pauvre madame... »

Elle aurait été sa mère ou sa grande sœur qu'il n'eût pas été plus malheureux.

C'est aussi durant cette période que Philippe, parvenu à la fin de son adolescence, acheva de mûrir, comme les fruits arrivés au terme de leur croissance, et dont le mûrissement survient en quelques heures. Quoiqu'il eût encore une année à faire pour terminer ses études au lycée agricole, et malgré ses dix-sept ans, Philippe avait pris les affaires en main, entraînant son père avec lui, l'empêchant de sombrer. André avait été un peu peiné de le voir si dur avec les petits saisonniers embauchés pour la cueillette, mais il s'était dit qu'après tout, pour bien conduire une propriété, on doit aussi savoir mener les hommes. Lorsque se serait apaisée l'impétuosité de son âge, il n'en resterait que le meilleur.

Malgré ses examens reportés en septembre, Luc avait aidé, lui aussi, conduisant la camionnette et emmenant tous les jours les fruits au marché de Port-Sainte-Marie.

Mais au moment des vendanges, André se retrouva seul, avec Camille. Le petit domestique fit alors tous les efforts possibles pour le seconder, l'invitant même à sa table quand il le voyait perdu, devant sa porte, au retour de la vigne.

« Patron, vous n'avez pas eu le temps de vous faire la soupe. Ma femme en a justement de la fraîche qui est d'aujourd'hui. Venez la manger avec nous ! »

Philippe avait dû repartir au lycée agricole, Luc à Bordeaux pour ses dernières épreuves de licence. En plus du chagrin et de la solitude qui étaient désormais revenus dans la vie d'André, la pluie n'avait cessé de tomber tout au long de septembre. La récolte pourrissait avant qu'on pût la ramasser. Les trois quarts de leur vendange avaient été déclassés : peut-être dans son chagrin André avait-il manqué de vigilance ? Le temps était loin où les vignobles du secteur ne produisaient que du vin de troquet. La cave coopérative avait encouragé les plantations de cépages nobles et les prix de vente étaient remontés. Mais, c'était le revers de la médaille, ses dirigeants étaient intraitables sur la qualité du raisin.

André se souvient de ces douils fumants de grappes moisies, du directeur qui était passé près du chargement, et du verdict qui était tombé :

« Désolé, je dois vous le faire passer en consommation courante. »

Et au plus bas prix.

Décidément, 68 avait été une année noire.

Seul le succès de Luc à ses examens de licence lui apporta un peu de réconfort.

Et puis l'hiver était venu, s'était achevé. Le printemps remit du vert sur les vignes. La vie avait repris son train. Les vendanges de 1969 redonnèrent du courage au cœur des vignerons, et plus encore celles de 1970 dont la qualité resta gravée dans les mémoires.

Au printemps de l'année suivante, Luc fut admis au CAPES, et dès le mois de septembre, le ministère le nomma dans une petite ville, près de Nancy, pour ses premiers stages de professeur d'histoire.

Il avait échappé par miracle au service militaire : un camarade de faculté réussit à le faire réformer, lors de ses trois jours à Limoges, alléguant des « séquelles d'une hépatite virale ». Philippe n'eut pas la même chance. On l'envoya du côté d'Offenbourg, en Allemagne, dans un de ces régiments où les gradés ne badinaient pas avec les nouvelles recrues, soupçonnées d'avoir été de dangereux soixante-huitards.

Philippe en conçut de la rancœur, en voulut à son frère de la chance qu'il avait eue, et même à son père : il lui reprochait de ne pas s'être démené davantage pour essayer d'obtenir une affectation plus rapprochée.

« Tu as bien su envoyer une caisse de bouteilles au copain de Luc à Limoges pour qu'il soit réformé » avait-il lancé un jour.

André n'avait pas répondu. D'ailleurs la caisse de bouteilles, il ne la lui avait envoyée qu'après, en remerciement. Mais il décida de faire davantage alors pour Philippe : sachant combien son fils avait toujours aimé les tracteurs, il remplaça le vieux chenillard par un « quatre roues motrices » équipé de matériel moderne. Il voulait lui en réserver la surprise à son retour.

La récolte de vin de 1970 le persuada que l'avenir de ce coteau se trouvait dans la vigne. Il valait mieux laisser les vergers à ceux de la plaine qui disposent de vastes étendues et qui peuvent les irriguer si facilement. Les pieds-noirs qui étaient arrivés quelques années plus tôt s'étaient révélés des maîtres en la matière. Alors, durant l'hiver, André fit arracher les pêchers et les poiriers qui ne rapportaient presque plus rien, et dès le printemps, il planta quatre hectares supplémentaires de merlot et de cabernet. Dans trois ans, le planton* donnerait sa première récolte : avec vingt-cinq hectares de vignes, Philippe n'aurait pas à se plaindre.

André avait maintenant cinquante ans, et il n'avait pas l'intention de faire comme ses beaux-parents qui, à leur âge, s'accrochaient encore à la glèbe. Ce n'était pas l'appât du gain, pourtant, qui les retenait : ils avaient amassé suffisamment après leur longue vie de labeur, et les vignes, qu'ils n'avaient pas eu le courage de replanter dix ans plus tôt parce qu'ils étaient déjà trop vieux, parvenaient tout juste à payer les frais de l'exploitation. Mais il y avait en eux ce désir viscéral de ne pas abandonner la terre, et surtout leur domestique tant qu'il n'avait pas pris sa retraite. Ils n'en avaient plus qu'un maintenant : le plus âgé des deux, un ancien bouvier qui n'avait pas de famille, et qu'ils avaient gardé avec eux pour lui éviter de finir à l'hospice, était mort l'année précédente. Mais l'autre avait à peine passé la cinquantaine, avec trois enfants à élever. À son âge, il aurait eu du mal à s'accoutumer à d'autres patrons. En aucun cas, Marcel et Alice n'auraient accepté de le laisser au bord du chemin.

« Moi, j'aimerais voyager, se disait André. Quand j'étais jeune, je n'avais pas l'argent nécessaire pour cela. Plus tard, je n'en ai pas eu le temps. Et puis, avec les enfants petits, ce n'était pas facile de voyager. Après, nous serions bien partis avec Marie-Anne, si elle n'avait pas eu cette saleté de maladie. À part notre voyage de noces à La Baule, et une virée à Port-Vendres après la naissance de Luc, nous ne sommes jamais allés plus loin que Capbreton. Mais dès que Philippe reprendra les rênes de la propriété, lorsque je lui aurai appris tout ce que je sais, je ne m'imposerai plus. Je le laisserai tranquille, et je voyagerai. J'irai à Pompéi, à Rome, à Venise. Je veux voir la baie de Naples et escalader le Vésuve. »

Peu de temps après Pentecôte, toutes ses plantations étaient achevées. Avec Camille et deux journaliers, ils y avaient travaillé tout le mois de mai, interrompus par les pluies capricieuses du printemps, attendant que la terre s'égoutte un peu, puis enfouissant de nouveau les racines dès que le soleil asséchait la surface du sol. À peine la tige était-elle enfoncée que le bourgeon éclatait sous l'effet de la chaleur et de la lumière, dépliant ses petites feuilles chargées de promesses.

Un matin, au lever du soleil, quand il vit sur la pente le hérissement de carrassons* se colorer d'une brume vert pâle, André ne put résister au plaisir de parcourir les quatre hectares nouvellement plantés : pas une pousse ne manquait à l'appel, et tous les greffons noirs s'étaient parés d'un bouquet de limbes épanouis. Tous ces efforts lui avaient permis d'oublier un peu le chagrin qui pesait sur lui depuis la mort de Marie-Anne : il s'était grisé de son travail, de ses plantations nouvelles, comme ceux qui boivent pour tenter d'effacer en eux des images qui les obsèdent.

Il revint à la maison un peu avant midi, juste au moment où passait le facteur qui lui remit le paquet quotidien contenant le journal et quelques lettres.

Sur l'une des enveloppes, il reconnut l'écriture de Luc. Cette lettre l'intrigua : Luc était venu à chacune des vacances scolaires, et dernièrement encore aux vacances de Pâques, mais entre-temps, il n'avait pas écrit. C'était sa première année d'enseignement, il avait de nombreux cours à préparer. Autrefois, quand il était pensionnaire à Agen, Luc écrivait chaque semaine, mais c'était un adulte maintenant, et chacun doit vivre sa vie.

Malgré sa hâte d'en connaître le contenu, André ne déchira pas l'enveloppe : il n'aimait pas cette façon d'abîmer le papier, même si son cœur battit un peu plus fort pendant ces quelques secondes. Il attendit d'être entré dans la cuisine, et coupa soigneusement le pli avec un couteau fin.

C'était une longue lettre de deux feuillets :

« Mon cher papa,
Tu dois être surpris de recevoir ce courrier, mais tu le seras plus encore quand tu liras ce que je vais t'annoncer : je vais me marier cet été. Elle s'appelle

Françoise. C'est une fille du Sud-Ouest : ses parents sont instituteurs dans le Tarn, à Salvetat, un petit village de la Montagne Noire. Françoise est professeur d'histoire, comme moi, et nous enseignons dans le même établissement. »

André eut à ce moment-là une pensée pour Béatrice. Il lui était arrivé de songer à elle quelquefois depuis ces vendanges déjà lointaines où elle était venue à Bertranot.

Il s'entendit murmurer « Mon petit... »

C'étaient les mêmes mots qu'il avait prononcés lorsque s'était refermé pour la première fois, derrière Luc, le lourd portail de la pension.

André s'assit avant de continuer la lecture.

Hier encore Luc était un petit garçon qui jouait autour de Bertranot. Mais le « petit garçon aux grosses joues » était devenu un grand jeune homme, un peu fragile, se laissant influencer facilement par les autres. André se souvint de son enthousiasme, trois ans plus tôt, pendant les événements de mai. Avec quelle naïveté Luc avait bu le jargon dialectique de ses camarades de faculté ! Cette décision de mariage, tellement rapide, inquiéta André. La suite de la lettre se voulait rassurante : s'ils se mariaient si vite, c'est qu'ils n'avaient tous deux qu'une idée en tête, redescendre le plus vite possible dans le Sud-Ouest. Or, en étant mariés, les jeunes fonctionnaires obtiennent davantage de points au barème et leur mutation est plus rapide.

Il expliquait ensuite que Françoise était protestante, comme la plupart des habitants de sa région. Pour lui, cela ne posait pas de problèmes.

« *J'espère qu'il en sera de même pour toi,* continuait la lettre. *Bien que nous ayons été élevés tous les deux chez les pères assomptionnistes, l'heure est à l'œcuménisme.* »

Luc terminait en demandant qu'on lui procure une fiche d'état civil et un extrait de naissance. La cérémonie devait avoir lieu à Salvetat, dans les premiers jours du mois d'août. Bien sûr, il espérait que Philippe et son père feraient le voyage pour assister à la noce.

*

Dès le début des grandes vacances, Luc arriva à Bertranot avec Françoise. Son bonheur se lisait sur son visage qui avait gardé quelque chose encore de l'enfance : André revoyait dans ses traits le petit garçon qui s'émerveillait le matin de Noël quand il se précipitait vers le genièvre et découvrait ses jouets au pied de l'arbre.

Quoique d'un abord un peu froid, Françoise était d'une allure charmante, assez grande, avec des cheveux blonds noués en queue-de-cheval. Elle avait des yeux bleus auxquels d'épaisses lunettes conféraient un étrange reflet. C'est peut-être cela qui lui donnait cette apparence de froideur ; elle s'avança vers André avec beaucoup de gentillesse, et l'embrassa sans façon, comme si elle était déjà sa belle-fille. André fut touché de ce geste, un peu rassuré aussi, car il y avait dans les beaux traits de Françoise, et dans son amabilité même, quelque chose de distant, tellement éloigné de la chaleur gasconne.

Ils ne restèrent que quelques jours à Bertranot, car Françoise voulait rejoindre Salvetat le plus tôt possible pour s'occuper des préparatifs du mariage, et ils n'avaient guère beaucoup de temps devant eux.

Quand André vit s'éloigner l'Ami 6 qui emportait les deux fiancés, tout à leur bonheur, il comprit qu'une autre page se tournait pour lui.

X

Luc avait prévenu son père que le mariage se célébrerait au temple. Il lui avait expliqué que ce serait plus simple ainsi. Dans ces contrées de la Montagne Noire, imprégnées depuis quatre siècles de protestantisme, il était très difficile de trouver un curé, assurait-il. D'ailleurs, toute la famille de Françoise était huguenote, elle comptait de nombreux pasteurs parmi ses oncles et ses cousins, et Luc avait estimé qu'il eût pu être blessant pour eux de leur imposer, même le temps d'une cérémonie, un culte catholique qui les avait si longtemps opprimés. Françoise était à coup sûr au-dessus de ces anciennes querelles, mais elle avait insisté sur ce point tant elle connaissait la susceptibilité familiale en ce domaine.

André s'était bien gardé de faire la moindre objection à son fils, et il l'avait approuvé dans sa volonté de ne pas heurter sa nouvelle famille. Mais au fond de lui, cette mainmise religieuse l'avait inquiété pour l'avenir. D'abord parce qu'il se demandait si ce n'était pas là, pour Luc, le premier d'une série de reniements. Reviendrait-il facilement à Bertranot, quand les parents de Françoise insisteraient pour que le jeune couple se rende plutôt chez eux pendant les vacances ? Ne souffrirait-il pas, à la longue, des choix que son épouse effectuerait pour lui ?

Au fond de lui-même, André avait espéré que Luc épouserait un jour Béatrice, la fille de Torrino Gobattoli. Ils s'étaient fréquentés quelque temps après l'escoubessol* de Bertranot. Quand Luc faisait ses études à Bordeaux, Béatrice était allée quelquefois le rejoindre. C'était une fille douce, avec ce visage régulier qu'ont les Vierges sur les tableaux. Et puis elle était de la terre, comme eux : quand on a été modelé dans la même glaise, que les mêmes valeurs vous ont pétri, cela rend les connivences plus faciles dans la vie d'un couple.

Mais Luc avait été nommé dans le Nord, et il avait connu Françoise. Ainsi vont les choses. Dans sa tête, André revoyait le visage de Béatrice, et il se dit que Luc, avec elle, eût peut-être fait un choix plus heureux.

Et puis, même s'il n'osait pas se l'avouer, quelque chose en lui se mit à souffrir de cet abandon si rapide d'une religion qui avait été, depuis toujours, celle de ses ancêtres, et qui était si fondamentalement ancrée en lui.

Non pas qu'avec Marie-Anne ils eussent été de fervents pratiquants : « Je ne suis pas un apôtre » répondait André, autrefois, à ceux qui avaient cherché à l'embrigader aux Jeunesses agricoles catholiques. Il n'aimait pas ce militantisme religieux, pas plus qu'il n'appréciait l'engagement politique. Le syndicalisme paysan, qui commençait alors à s'exacerber, le laissait de marbre. Les associations catholiques, où l'on passait de longues soirées en palabres, ne l'avaient pas séduit davantage. Mais l'éducation de sa grand-mère avait laissé en lui des traces profondes, et avec Marie-Anne, il s'efforçait de manquer la messe du dimanche le moins souvent possible. Marie-Anne avait appris leurs prières du soir aux deux enfants. Les communions solennelles avaient été l'occasion de joyeuses réunions familiales, et à chaque fois, André avait interrompu les fastes de l'interminable repas pour que Luc ou Philippe n'arrivent pas en retard aux vêpres, comme cela se faisait trop souvent à la campagne. Rien ne lui aurait fait manquer les grandes cérémonies religieuses de l'année : Noël, Pâques, le lundi de Pâques, Pentecôte, la Toussaint... La Toussaint peut-être moins encore que les autres : il sentait qu'il devait cette fidélité à ses parents, trop tôt disparus, et à sa grand-mère qui l'avait élevé. À tous ceux aussi qu'il n'avait pas connus, et dont le souvenir même avait été oublié, mais qui reposaient dans la tombe familiale, enfouis dans cette terre où il irait les rejoindre un jour.

*

Le mariage fut fixé au début du mois d'août. Philippe et André avaient dû partir de bonne heure car la route était longue jusque là-bas. Après Montauban, ce n'étaient que des virages, des changements de direction, et ils risquaient de se perdre sur ces itinéraires montagneux.

Les parents de Françoise, bien qu'ils fussent d'un contact distant, comme leur fille, lui parurent sinon attachants, du moins infiniment respectables. Le père portait de grosses lunettes cerclées d'écaille : Françoise avait hérité de sa myopie, et de ses traits qui ne manquaient pas d'une certaine beauté. C'était un instituteur d'une autre époque, proche de la retraite, extrêmement élégant. La mère, avec ses habits un peu tristes, présentait un physique plus ingrat, mais son maintien discret, ses paroles rares et mesurées inspiraient la considération. André avait été étonné qu'ils ne lui aient pas proposé d'arriver la veille, « pour faire plus ample connaissance ». Mais c'étaient là sans doute des mœurs de ce pays de montagne, et de surcroît chez des protestants, dont on disait volontiers, entre catholiques, que c'étaient des gens « austères ».

Le repas fut d'une extrême simplicité. Une vingtaine de cousins, des oncles, des tantes, tous protestants des Cévennes, avaient été invités. Philippe et André furent placés près des jeunes mariés, et à côté des parents de Françoise. André ne pouvait s'empêcher de songer à ses propres noces avec Marie-Anne, ces trois longues journées de fête où tout le village s'était réuni. Mais ce devait être la mode d'ici, ce mariage à la sauvette, avec si peu de monde. Et puis les temps avaient changé depuis un quart de siècle. Les grandes noces de campagne qui duraient plusieurs jours, c'était fini maintenant, comme tant d'autres choses.

Les conversations étaient restées de bon aloi, sans ces chants un peu intempestifs qui terminaient tous les repas de famille, en Gascogne. Mais cela aussi, c'était du passé. André se rendait bien compte que pousser la chansonnette à la fin d'un banquet de mariage n'appartenait plus aux mœurs de ce temps.

La mère de Françoise leur avait posé des questions sur la propriété de Bertranot, sur les vignes, quoiqu'elle-même et son mari se soient toujours refusés à boire du vin.

« On n'en produit pas dans ces montagnes, alors nous n'en avons guère consommé jusqu'ici. Robert aurait peut-être été tenté, mais avec son ulcère, ce n'était pas recommandé. »

Puis elle s'était émue du deuil récent qui les avait accablés.

« Il vous a fallu beaucoup de courage à tous les trois pour surmonter cette épreuve », répéta-t-elle plusieurs fois.

André se mit à s'inquiéter quand les propos glissèrent sur les prix des denrées agricoles. Au printemps, elle n'avait pas pu goûter les cerises tant elles étaient restées chères :

« Les paysans pourraient quand même penser à ces enfants de la ville qui se trouvent dans l'impossibilité d'en manger à des prix pareils ! »

La voix de l'institutrice, feutrée jusque-là, prit soudain des intonations aigres. Elle ne parvenait qu'avec peine à contenir son indignation.

André tenta de lui expliquer que les prix des magasins étaient bien éloignés de ceux que le commerce laissait aux producteurs. Et puis le printemps ayant été pluvieux, les cerises avaient éclaté sur les arbres, elles s'étaient pourries prématurément, ce qui avait augmenté les cours sans enrichir les paysans.

André devinait que Philippe, en face de lui, perdait patience. Il le voyait mordre ses lèvres et craignait quelque réponse un peu vive qui eût glacé l'atmosphère.

Le coup partit soudain sans qu'André pût rien faire pour l'arrêter :

« Vous en avez souvent ramassé, des cerises, madame ? lança Philippe. Vous êtes-vous demandé, au prix où est la main-d'œuvre actuelle, combien il faut de temps à un employé pour en ramasser un kilo ? »

Il avait parlé fort. Tous les convives s'étaient tus. Il y avait eu quelques secondes d'un silence oppressant. C'est André qui avait sauvé la mise :

« De toute façon, avait-il dit en riant, nous ne sommes pas producteurs de cerises. Alors nous ne pouvons pas parler de ce que nous ne connaissons pas. Nous n'avons que deux cerisiers, et nous non plus, nous n'avons pas pu y goûter, car les étourneaux se sont jetés dessus, et il ne nous est rien resté ! »

Toute la table avait souri, et on avait changé de conversation. Comme il y avait plusieurs enseignants parmi les invités, beaucoup de ces montagnards ayant abandonné leurs troupeaux pour une vie moins difficile, André se mit à les interroger sur leur métier.

« Tous ces jeunes, je ne les envie pas, avait répondu le père de Françoise. Ils abordent l'enseignement au moment où je vais le quitter, et je laisse ma place sans regret. Tout le mal est venu depuis qu'ils ont supprimé l'examen d'entrée en sixième, et surtout le certificat d'études ! C'était pourtant le seul examen qui ne se fût pas dévalorisé. Quant à ces événements qui ont eu lieu il y a trois ans, même si ma sensibilité politique m'incline à les approuver, je suis persuadé qu'ils sont le prélude à un déclin inéluctable de notre fonction. L'autre jour, un gamin de la ville, dont les parents appartiennent à une communauté venue ici élever des moutons, m'a répondu avec une insolence incroyable quand j'ai voulu l'envoyer au tableau. Je n'avais jamais vu cela dans toute ma carrière ! Enfin, je n'ose pas me plaindre : dans ces petites villes de montagne, nous sommes encore préservés, mais je crains vraiment pour l'avenir. »

Et chaque enseignant, tour à tour, avait raconté une anecdote qui abondait dans le sens de son propos. Les plus jeunes semblaient réticents, mais aucun n'osait le contredire tant il émanait de sa personne un air d'autorité qui en imposait à ces débutants. Visiblement, il était l'homme qu'on craignait et qu'on respectait dans sa famille.

Vers quatre heures de l'après-midi, quand la noce quitta la table, Philippe et André furent invités à faire le tour du village. Une forêt de jeunes épicéas grimpait sur les pentes jusqu'au ras des maisons, comme si elle s'apprêtait à les envahir.

« Nous aurions bien aimé vous montrer la ferme de nos grands-parents, qui étaient des gens de la terre, comme vous, dit le père de Françoise. C'étaient d'humbles bergers, pas même propriétaires des prairies sur lesquelles ils menaient paître leurs chèvres et leurs moutons. Mais aujourd'hui, les sapins ont remplacé les hommes et leurs troupeaux. Il y a plus de vingt ans que la ferme qu'ils habitaient n'est plus qu'une ruine, et nous aurions bien du mal à retrouver sa trace dans l'épaisseur de ces arbres. »

Et il appuya ses paroles en désignant d'un geste de la main ces alignements de troncs si serrés que la lumière ne parvenait pas même à éclairer le sol.

« Que voulez-vous, ajouta-t-il, c'est cela, l'évolution, et le progrès. Au commencement des temps, nos lointains ancêtres ont d'abord été des bergers avant de devenir agriculteurs. Mais croyez-moi, l'agriculture disparaîtra à son tour, un jour ou l'autre : l'avenir est à la ville et à l'industrie. Il y a deux siècles déjà, Rousseau le déplorait sans avoir pu y porter remède. Cela n'a fait que s'amplifier après lui. »

Cette idée tournoya quelques secondes dans la tête d'André : son village, sa maison, seraient-ils un jour envahis par des arbres comme ici ? Dire que mille ans plus tôt, des hommes s'étaient arraché la peau des mains à scier les troncs, défricher le sol, pour parvenir à labourer la terre, l'ensemencer... Se pouvait-il que tous ces espaces reviennent un jour à la friche ou à la forêt inextricable d'où ils avaient été tirés ? Cette pensée lui glaça le sang.

Il se retourna vers les maisons aux portes fermées. Des toitures délabrées commençaient à s'effondrer. Instinctivement, ses yeux s'élevèrent vers le clocher de l'église qui dominait encore les restes du village.

« XIIIe siècle, dit le père de Françoise qui avait suivi son regard. Enfin l'extérieur, car la nef a été réaménagée après la persécution des Albigeois. Avant d'être un foyer du protestantisme, cette région fut très sensible au mouvement cathare. Au fond, les peuples de ces montagnes ont toujours été des rebelles à l'Église. »

Il profita de ces propos pour leur montrer les lieux où se cachaient leurs ancêtres, après la Révocation, quand ils étaient traqués par les dragonnades.

« Vous voyez, plaisanta l'instituteur, nous ne sommes pourtant pas rancuniers, puisque notre fille vient d'épouser un catholique. Notez que c'est la première fois dans l'histoire de notre famille : au temps de ma jeunesse, un tel mariage eût été impensable. Déjà mes parents ne m'ont permis d'épouser Geneviève que parce qu'elle était de l'Église libre, comme nous. Si elle avait appartenu à l'Église réformée, il n'en aurait pas été question. »

Il devina qu'André avait du mal à suivre :

« Vous avez entendu parler, je suppose, de ces deux courants du protestantisme ? »

André, qui n'avait pas envie d'en savoir davantage, acquiesça d'un signe de tête.

« Notez que ces distinctions n'ont plus cours maintenant, ajouta l'instituteur en souriant. D'ailleurs, en qualité de membre de l'école laïque, je n'accorde qu'une importance minime à ces subtilités d'un autre âge. »

Le visage de son épouse était resté fermé depuis la fin du repas. L'estocade portée par Philippe l'avait peut-être blessée. Ou bien était-ce le petit pincement au cœur bien naturel chez une mère qui marie sa fille unique ? Mais en entendant le mot « laïque », elle sourit à son tour et prit la parole :

« Oh, ne laissez pas mon mari se lancer sur le chapitre de la laïcité ! Vous n'arriveriez pas à repartir ce soir. D'ailleurs je vois que l'heure tourne, et votre route est longue : nous ne voudrions pas qu'il vous arrive un accident. Accepteriez-vous de prendre un peu de thé avec nous, et quelques biscuits, avant de repartir ? »

De fait, il était à peine cinq heures, et déjà une buée fraîche montait du fond des vallées, rasait la cime des épicéas, pénétrait les branches, s'immisçait entre leurs rangées obscures, et débouchait de ces couloirs comme d'une cheminée. André avait déjà vu cela en plein été, dans les Pyrénées : il se souvenait de cette arrivée froide et soudaine de la brume, immense crue grise qui surgissait, parfois même en plein midi, du fond des gorges encaissées, puis se déversait sur les hauteurs. Il y sentait alors un avant-goût de l'automne, les prémices des vendanges prochaines. Peut-être parce qu'il vit à ce moment le cimetière accroché aux rochers, les cyprès qui se voilaient de ce crêpe humide, il pensa, l'espace de quelques secondes, à un soir de Toussaint.

Quand Philippe proposa de prendre le volant, André le lui laissa volontiers : les deux cent cinquante kilomètres du matin lui avaient meurtri le dos, et il redoutait les virages qui séparent Castres de Montauban. De plus, en ce début du mois d'août, les jours avaient commencé à raccourcir, et André n'aimait pas conduire la nuit. D'ailleurs, il ne fut pas fâché de s'assoupir un peu pendant le trajet.

Lorsqu'ils eurent atteint la nationale 113, la route encombrée de ce samedi soir et les phares des voitures le tirèrent de son demi-sommeil.

« Tout de même, pensa-t-il, ce mariage a été vite expédié. Dire qu'il n'y avait que nous deux pour représenter notre côté ! »

C'était la première fois que, dans la famille, un mariage se faisait aussi loin. Jadis, et dans sa jeunesse encore, on se mariait autour de chez soi, parfois même entre cousins : la plupart du temps, quelques kilomètres à peine séparaient les futurs époux. Marie-Anne et lui-même étaient issus de la même commune. Maintenant, avec les études, l'université, les nominations des jeunes fonctionnaires à l'autre bout de la France, les mariages se feraient entre des familles plus lointaines, et de mœurs forcément différentes. Quel serait l'avenir de ces jeunes couples ? Noël, Pâques, toutes ces occasions de réunions familiales, de quel côté Luc et Françoise iraient-ils les fêter ? André avait bien peur de connaître déjà la réponse.

À travers les lumières des phares qui l'éblouissaient, il revit quelques images de son propre mariage, au lendemain de la guerre. Trois jours durant, une centaine de parents, d'amis, et même de voisins, étaient venus « faire la noce » à Bertranot. Dans la grande remise, André avait tendu les murs de draps de lit auxquels il avait accroché des bambous par intervalles. Le mariage avait eu lieu au printemps : pendant tout l'hiver, la mère de Marie-Anne avait élevé des dindons et des oies, gavé des canards, salé des jambons, préparé des pâtés en prévision de cette journée de fête. Il y avait eu tant de ripailles qu'on resta le lendemain pour achever les restes, et tous ceux qui s'étaient serré la ceinture pendant les années de guerre étaient même revenus le surlendemain, après le départ des nouveaux mariés pour leur voyage de noces.

André songeait que si le mariage de Luc avait eu lieu à Bertranot, jamais il n'aurait laissé les parents de Françoise reprendre la route le soir même. Il aurait invité aussi les grands-parents, les oncles et les tantes de la jeune fille. Luc lui avait écrit dans sa lettre que « Françoise était une fille du Sud-Ouest » : c'était vrai, mais qu'y avait-il de commun entre des Gascons et les gens de cette contrée ? Ici, même si la vie était parfois dure, le mot « plaisir » avait un sens : était-il seulement connu, ce mot, chez ces protestants de la Montagne Noire ? Le père de Françoise lui avait expliqué qu'ils étaient de l'Église libre.

« L'Église libre ? Libre de quoi ? » se dit André.

Mais il s'aperçut alors que c'était un méchant mot qui lui était venu à l'esprit. Peut-être éprouvait-il moins de la peine que de la mauvaise humeur, celle d'un paysan qui n'a pas « soupé » à son heure ?

Cette pensée l'apaisa.

Le bruit régulier de la voiture sur l'asphalte de la nationale, la fatigue de la journée eurent raison de ses forces, et il s'endormit sur son siège.

*

En se remémorant ces souvenirs déjà lointains, André s'était décidé à allumer un peu de feu dans la cheminée, moins parce qu'il avait froid que pour se créer une compagnie. Le soleil était revenu dans l'après-midi, la pluie du matin avait rafraîchi l'air de ce début d'automne, et au crépuscule, un vent du nord s'était levé, faisant frissonner les feuilles sur les arbres.

Depuis hier soir, le silence de Bertranot lui pesait plus encore que d'habitude. Même s'il n'avait pas très faim, l'idée de faire griller une tranche de jambon sur la braise le tenta.

Désormais, il avait le temps. Et il n'avait pas fini d'avoir le temps maintenant que la propriété allait passer en d'autres mains. Alors il alla chercher dans la remise une pomme de terre qu'il enfouit sous la cendre : cela faisait des années qu'il n'en avait pas mangé ainsi. Lorsqu'elle sortit toute fumante et parfumée, sentant presque l'anis, la peau craquante, il l'approcha de ses narines pour en respirer l'odeur. De quelle autre satisfaction peut bien rêver un homme vieux et solitaire ? Avec la tranche de jambon grillé, le repas lui parut bon.

Il s'était endormi si tard, le soir précédent, qu'il fut pris d'une irrésistible envie de sommeil : il croisa ses deux bras sur la table, comme sa grand-mère le faisait autrefois, il y posa sa tête, préférant oublier pour un moment tout ce qui le tourmentait.

XI

Avec Philippe, ils avaient vécu comme deux vieux garçons. André espéra longtemps que son cadet se marierait, peut-être avec une fille des environs. Et les filles n'avaient pas manqué à Philippe : plusieurs fois, ce beau garçon blond, au profil d'aigle, amena ses conquêtes à la maison. Quelques minutes à peine, le temps de venir chercher un chandail oublié, ou de se changer avant de repartir à une soirée. Jamais plus cependant, et en aucun cas pour un repas, encore moins pour une nuit.

L'argent ne faisait pas défaut, maintenant, à Bertranot : il était loin le temps où, avec Marie-Anne, ils comptaient leurs sous parcimonieusement, écrivant chaque soir sur un cahier les recettes et les dépenses, comme leurs ancêtres l'avaient toujours fait avant eux. C'était le « livre de raison », que les plus lettrés agrémentaient de leurs réflexions sur la vie de chaque jour, tandis que les gens simples se contentaient d'y inscrire leurs comptes. Mais ceci n'était plus nécessaire. Depuis que les vignes produisaient du vin de qualité que la cave coopérative payait à un bon prix, Philippe et André avaient dû prendre un comptable. C'était une charge de plus, mais cela signifiait aussi la bonne marche de leurs affaires.

Ils avaient seulement renoncé à produire du chasselas. Sa culture exige une vigilance et une minutie dont André ne se sentait plus capable depuis que Marie-Anne n'était plus à ses côtés. Dès le ramassage des grappes, il faut les « ciseler », en ôter avec des ciseaux fins les graines sclérosées par le soleil ou celles que les frelons et les guêpes ont vidées de leur suc : un travail d'artiste. Il n'est pas étonnant que les paysans aient employé le même mot que les orfèvres. Au moment de coucher les grappes dans les cagettes et de les envelopper dans des alvéoles de papier soyeux, Marie-Anne n'avait pas d'égale pour les manier avec délicatesse. Sans elle, il préféra renoncer : la parcelle de chasselas fut arrachée et il planta un hectare supplémentaire de merlot.

Lors de la crise de 1973, la pénurie de pétrole les toucha plutôt moins que les autres. André remplaça le poêle à mazout qu'il avait installé du temps de Marie-Anne par un Godin en fonte racheté à la mairie : cette année-là, l'école du village avait définitivement fermé ses portes, et le conseil municipal brada son mobilier à qui en voulait. André eut la bonne idée d'acquérir ce poêle quelques mois avant la crise. Parce que cette grosse borne de fonte était liée à son enfance, et à celle de ses enfants. Il n'avait pas cru l'utiliser si vite.

Ce ne fut pas sans plaisir qu'il scia plus de bois que de coutume à l'entrée de l'hiver, des tronçons courts et réguliers, plus soignés que les longues bûches destinées à la cheminée. La plupart des habitants du village firent comme lui, et aussi des ouvriers des environs qui venaient demander « du bois à moitié », selon la coutume d'autrefois à laquelle cette épreuve avait redonné vie. Pour un temps, les gens parurent se résoudre à ne plus gaspiller, ce qui n'était pas pour déplaire à André. Le cours du stère augmenta de façon sensible, et ce fut un appoint supplémentaire dans les revenus de la propriété.

Les voisins trouvaient qu'en dépit de la mort de Marie-Anne – le décès de l'épouse, à la campagne, est toujours un handicap dans la bonne marche d'une propriété –, Philippe et André « avaient bien mené leur barque ». Leur prospérité faisait même des envieux, et André devinait dans le regard des filles qu'elles n'auraient pas rechigné à venir s'installer à Bertranot avec Philippe.

Mais cet étrange garçon semblait ne pas vouloir se décider. André le taquinait en lui fredonnant ce refrain qu'affectionnait Marie-Anne :

« Manon, Suzon, Lison,
Toinon, Fanchon, Marion,

*De la brune à la blonde
Je navigue à la ronde.* »

Philippe ne souriait pas pour autant. C'était un taciturne, et leurs repas se passaient le plus souvent en silence. Alors que la vie l'avait comblé de présents, Philippe paraissait n'être jamais content de son sort. Tantôt il voulait quitter la cave coopérative et faire son vin lui-même, dans un chai moderne :

« Ça nous rapporterait le double qu'à la cave », affirmait-il.

André ne répondait pas, gardait pour lui-même ce qui lui brûlait les lèvres, le souvenir des nuits qu'il passait à vider les comportes, presser la vendange, crever la croûte des grappes au-dessus des cuves, quand la coopérative n'existait pas encore. Et les risques d'accident : ces dangers d'asphyxie qui guettaient le vigneron lorsqu'une chute malencontreuse le précipitait dans la cuve en effervescence !

Tantôt Philippe affichait un découragement que rien ne justifiait, et il prononçait des mots qui blessaient André au plus profond de lui-même :

« De toute façon, un jour, je vendrai tout. Moi, ce que j'aimerais, c'est courir le monde : le Tibet, l'Himalaya, le Kilimandjaro, les oasis dans le désert... »

Un jour André lui avait dit :

« Tu sais, même en vendant tout, tu ne tiendras pas aussi longtemps que tu crois. De toute façon il faudrait que tu en donnes la moitié à ton frère. Le capital que tu retirerais de la vente ne suffirait jamais pour toute ta vie.

— Oui, je sais, avait répliqué Philippe. Mais quand j'en aurai assez de mes voyages, il me suffira de trouver un emploi de technicien agricole. Tous les copains qui ont eu leur examen en même temps que moi sont devenus directeurs d'une coopérative de fruits ou de céréales. Si j'avais passé un BTS, comme eux, j'aurais pu être œnologue dans une cave ou dans un château. Et autrement peinard qu'ici ! »

André n'avait su que répondre. Jamais il ne l'avait obligé à prendre la relève sur la propriété. Il lui semblait que depuis toujours, c'était une chose qui avait été convenue avec Philippe, et qui correspondait à ses goûts profonds : ne s'amusait-il pas toute la journée, quand il était enfant, à manœuvrer ses petits tracteurs et ses minuscules remorques dans la cuisine ? Dès l'âge de huit ans, il conduisait le Clétrac à chenilles, et le Ferguson diesel rouge qu'ils avaient acheté cette année-là ? Devenu adulte, jamais il n'avait ménagé sa peine pour que la terre de Bertranot donne le meilleur d'elle-même. Il n'hésitait pas à se lever avant l'aube pour un labour, ou à continuer, même après la nuit tombée, à la lumière des phares, un sulfatage indispensable sur les vignes.

Ce qui étonnait aussi André, c'est la totale incapacité de son fils à se plonger dans un livre. Dès son plus jeune âge, André avait toujours lu : *Robinson Crusoé* l'avait aidé à supporter sa propre solitude quand il vivait avec sa grand-mère. Plus tard, il s'était passionné pour *Le Comte de Monte-Cristo*, *Les Trois Mousquetaires*, et *Les Misérables* surtout. À tel point que lorsque le film interprété par Harry Baur était passé au cinéma de la petite ville voisine, pendant trois dimanches successifs il était allé voir avec ferveur les images de ce roman qu'il avait tant aimé. Plus tard, même lorsqu'il rentrait harassé par le travail, il trouvait toujours un moment qu'il réservait à la lecture. Il avait eu le bonheur de reconnaître chez Luc cette passion : adolescent rêveur et solitaire, Luc aimait s'isoler avec un livre, comme son père. Mais Philippe, lui, n'avait jamais ressenti ce besoin. Quand André, le soir, lisait des histoires à ses deux enfants, Philippe écoutait, semblait-il, avec autant de ferveur que Luc. Pourtant, lorsqu'il fut en âge de lire par lui-même, son goût de la lecture ne s'était pas confirmé. Après s'être livré à ces colères terribles qui laissaient son père anéanti, l'âme disloquée, il restait assis toute la soirée devant la table sans prononcer un mot, sans même jeter un coup d'œil au journal, le regard fixe, enfermé dans des pensées qui paraissaient le brûler. On aurait dit que ses obsessions butaient à l'intérieur de ses yeux comme ces phalènes qui heurtent inlassablement une vitre au cours des soirs d'été.

Heureusement, Philippe était changeant. Dès le lendemain, les idées qui l'avaient tourmenté paraissaient avoir disparu. Puis elles revenaient, et repartaient encore. C'était ainsi. André avait dû s'y faire. Il pensait que la solitude de Philippe avait sa part dans ces accès d'humeur ou dans ces silences morbides. Aussi souhaitait-il que ce garçon étrange se stabilise enfin. En se mariant. À son tour il aurait des enfants. André avait toujours pensé qu'avec un fils qui restait à la propriété, l'avenir de Bertranot était assuré pour longtemps. Mais la vie passe vite : à cinquante-quatre ans maintenant, André aurait été heureux que Philippe ait une femme et des enfants, sans trop tarder.

*

Comme il l'avait redouté, les visites de Luc et de Françoise devinrent l'exception. Quand ils descendaient dans le Sud-Ouest, c'était vers la Montagne Noire qu'ils allaient. Quelquefois, ils faisaient le crochet par Bertranot, mais ils n'y restaient que deux ou trois jours. Noël, Pâques, c'était à Salvetat qu'ils les passaient. L'été, ils s'arrêtaient un peu en se rendant à Arcachon où ils louaient une villa, mais Françoise semblait toujours pressée de repartir.

Un jour, André leur demanda s'ils comptaient obtenir bientôt leur mutation. Françoise lui répondit brusquement :

« Nous n'aurons pas les points qu'il faut avant dix ans. De toute façon, je n'ai pas l'intention de venir m'enterrer si vite dans un trou ! »

Après quatre ans de mariage, ils eurent Marie.

Depuis que Philippe s'était installé à la propriété, André avait fait poser le téléphone. Il se revoit vingt-cinq ans plus tôt, décrochant l'appareil, un matin de mars où il s'apprêtait à partir broyer les sarments de la vigne :

« Papa, c'est moi, Luc. Nous venons d'avoir une petite fille, Marie. L'accouchement s'est très bien passé. Françoise est très fatiguée, mais tout va très bien. »

Dans sa mémoire défilent maintenant les images de la petite fille blonde que Luc et Françoise lui amenaient chaque été, si différente d'une année à l'autre. D'abord le bébé joufflu dont les traits lui rappelaient ceux de Luc au même âge, puis les premiers pas hésitants, les larmes qui coulaient de la jolie tête ronde aux cheveux courts quand elle faisait une chute sur le gravier de la terrasse. L'année suivante, sa silhouette s'était affinée : elle portait deux couettes espiègles qui s'agitaient cocassement quand elle boudait. André savait gré à Françoise de la façon délicieuse dont elle l'habillait. Il regrettait que Marie-Anne, qui n'avait jamais eu de petite fille, n'ait pas connu Marie, si gracieuse, si enjouée : elle avait été une maman plus douce que Françoise qui était toujours un peu brusque, malhabile à caresser son enfant. C'était pourtant une bonne mère, soucieuse, attentive, mais cette froideur qu'il avait décelée chez elle dès leur première rencontre s'était confirmée au fil des ans. À l'égard de Luc aussi : les paroles de Françoise étaient volontiers dures, parfois ironiques, surtout en public. Mais Luc ne semblait pas s'en apercevoir. Il paraissait heureux ainsi, et c'était là l'essentiel.

Ce qui fit le plus de mal à André, deux ans plus tard, c'est lorsqu'ils lui annoncèrent leur intention de faire construire, là-bas, près de Commercy.

« Tu comprends, lui avait expliqué Luc, maintenant que Marie va avoir cinq ans, il lui faudra une chambre plus grande. Cet appartement que nous avons loué en arrivant là-bas, c'était bon tant que nous n'étions que tous les deux. »

« D'autant plus, avait ajouté Françoise, qu'il vaut mieux investir dans la construction d'une villa que de payer un loyer en pure perte. »

Et elle précisa même qu'une pièce supplémentaire ne serait pas de trop pour qu'elle puisse y travailler tranquillement, car elle avait l'intention de préparer l'agrégation.

« Voyez-vous, dit-elle à André, lorsque je serai agrégée, j'aurai trois heures de cours en moins par semaine. Ainsi je serai plus disponible pour m'occuper de Marie. Et de Luc, bien sûr. »

André ne put s'empêcher de songer que c'était surtout maintenant que Marie avait besoin de sa mère, et il s'imaginait déjà Françoise enfermée dans son bureau, laissant la petite se débrouiller toute seule. C'était devenu la mode, il est vrai, que ces chambres avec bureau que l'on offrait aujourd'hui aux enfants. Autrefois, André travaillait à ses devoirs ou étudiait ses leçons sur la table de la cuisine, à côté de sa grand-mère. Luc et Philippe n'avaient eu qu'une chambre à lits jumeaux qui leur servait seulement pour dormir. Eux aussi étalaient leurs cahiers et leurs livres sur la table de la cuisine, comme André l'avait fait trente ans plus tôt. Quand Marie-Anne mettait le couvert, ils se serraient sur un coin ou entre deux assiettes. C'était moins confortable sans doute, mais on vivait ensemble, on pouvait se parler. Marie-Anne jetait un coup d'œil sur les cahiers en passant, corrigeait une faute, répondait à une question, s'arrêtait un moment pour faire réciter une leçon quand l'un ou l'autre de ses fils le lui demandait. Qui sait ce que pourraient faire ces petits maintenant, livrés à eux-mêmes pendant des heures, dans des conditions de travail théoriquement idéales ? Pour quelques enfants consciencieux comme on ne l'est pas forcément à cet âge, combien rêvasseraient, les yeux fixés vers la fenêtre, attendant l'heure du repas ?

Mais André se garda bien d'émettre l'objection qui lui était venue à l'esprit.

« En tout cas pour la maison, dit-il, je peux vous aider. J'ai fait une coupe de pins cet hiver, et cet argent dort au Crédit Agricole. J'en attribuerai la moitié à Philippe, il en fera ce qu'il voudra. L'autre moitié, je vous la donne. »

La peine qu'il lui avait fallu pour dire ces mots, André la mesure aujourd'hui. Non pas à cause de l'argent : que pouvait-il en faire d'autre, à son âge ? Mais il avait compris que la construction de cette maison à Commercy, c'était la fin de son espoir de les voir revenir un jour. La vie de Luc et de Françoise était désormais là-bas, ils y avaient leur travail, leurs amis, leurs habitudes, André devait se faire à cette idée. Nos enfants ne vivent pas pour nous.

Lorsque Françoise entendit le montant de la somme qu'ils allaient recevoir, André vit ses yeux bleu pâle s'illuminer derrière le verre épais des lunettes. Elle parut sincèrement émue par ce geste, et par la rondeur du chiffre. Sa froideur naturelle fondit un instant.

Aussitôt, Luc et Françoise se mirent à envisager des projets supplémentaires : un chauffage central à fuel ou au gaz naturel, plus économique à long terme que des radiateurs électriques ; une cuisine entièrement équipée ; peut-être même une piscine.

Puis, comme s'il avait deviné les pensées de son père, Luc lui dit :

« Tu sais, ce n'est pas parce que nous construirons là-bas que nous nous y installerons pour la vie. Quand nous voudrons partir, nous pourrons toujours vendre la maison. Plus les villas ont du standing, mieux on les vend. »

Avec Françoise, ils se concertèrent encore, et Luc ajouta :

« Si tu veux bien, papa, l'an prochain, nous viendrons passer le mois de juillet ici. Les premières échéances de l'emprunt arriveront avant que la villa soit finie, ce qui nous fera des mensualités très lourdes au début, malgré ce que tu vas nous donner, car nous devrons continuer à payer le loyer de l'appartement. Aussi nous renoncerons aux vacances à Arcachon pour une fois. En août nous irons à Salvetat, mais en juillet, nous viendrons ici. À condition que cela ne te gêne pas, bien entendu. »

Bien entendu que cela ne le gênait pas, il en aurait même rêvé de ce séjour d'un mois à Bertranot, s'il l'avait seulement cru possible.

« Et toi, cela ne te gêne pas non plus ? » avait-il dit à Philippe, histoire de lui montrer qu'il ne prenait pas cette décision sans le consulter.

Philippe avait haussé les épaules en signe d'indifférence. Il ne vouait pas à sa belle-sœur une tendresse excessive, mais qui aimait-il vraiment, ce garçon que la vie avait comblé sans qu'il semblât jamais satisfait de son sort ?

XII

Ce fut à la mi-octobre, juste à la fin des vendanges, que le père de Marie-Anne s'effondra, un dimanche matin, en se rasant, devant sa glace. André se souvient du téléphone qui avait sonné au moment où il s'apprêtait à partir à la messe. Il avait cru que c'était Luc qui l'appelait, comme tous les dimanches, et il se faisait une fête d'entendre la voix enjouée de Marie qui allait gazouiller au téléphone.

« Bonjour André, c'est moi, Alice. Marcel vient d'avoir une attaque. »

André était vite descendu, d'un coup de voiture, jusqu'à leur maison, dans la vallée. Marcel respirait encore, le visage recouvert de mousse blanche. Le docteur Colleignes était arrivé quelques instants après lui. On avait appelé l'ambulance qui avait emporté l'octogénaire à l'hôpital. Il était resté quelques jours au service des soins intensifs, sans reprendre connaissance. Et puis de nouveau le téléphone : une infirmière avait demandé d'apporter des habits. C'était la fin.

Après l'enterrement, Alice avait parlé à André : son domestique n'était plus qu'à trois mois de la retraite. Le moment était venu de prendre une décision, avant de commencer la taille de la vigne. Pendant la semaine qu'avait duré l'agonie de Marcel, Alice avait bien réfléchi et envisagé plusieurs solutions possibles :

« La première, c'est que Philippe prenne la suite de notre propriété, ce qui lui fera vingt hectares de plus. Avec ceux de Bertranot, il aura le vignoble le plus important de tout le secteur. »

C'était de cette façon en effet qu'André s'était toujours figuré l'avenir, sans toutefois mesurer les problèmes qu'engendrerait cette situation nouvelle. Alice, elle, avait déjà tout calculé :

« Dans ce cas, il ne faut pas perdre de vue que les trois quarts de nos vignes sont à replanter, ce qui représente beaucoup de travail, et un bel investissement. Et puis, Philippe devra songer à verser un loyer à Luc, qui est aussi l'héritier. Comme il est aussi l'héritier des vignobles de Bertranot. Est-ce que vous lui avez versé un loyer jusqu'ici ? »

Elle n'avait pas attendu la réponse, qu'elle connaissait déjà.

« Quoi qu'il en soit, un jour ou l'autre, il faudra bien lui donner sa part. »

André dut reconnaître que cette idée ne lui était pas venue. Luc avait sa situation, son gagne-pain assuré, tandis que le métier de Philippe, l'outil de son travail, c'était Bertranot. À la campagne, on réagit souvent ainsi, oubliant que celui qui n'est pas resté à la terre a ses droits, lui aussi.

« De toute façon, dit André, Bertranot est toujours à moi, et je n'ai pas encore fait de donation à Philippe. Rien ne presse, il sait bien que la propriété, c'est pour lui.

— Sans doute, ajouta la grand-mère, et je ne veux pas vous prêcher ce que nous n'avons pas fait nous-mêmes, Marcel et moi. Mais la mort peut nous prendre à l'improviste. Pensez à notre pauvre Marie-Anne, qui nous a quittés en quelques mois. Il y a seulement huit jours, malgré son âge, personne n'aurait imaginé que Marcel était si proche de sa fin. »

André reconnut qu'elle avait raison. C'est comme certains arbres. Jeunes ou vieux, ils sont là, pleins de vie, chargés de feuilles et de pousses tendres. On aime s'allonger sous leur ombre, on a l'impression qu'ils vous protègent, et un printemps, sans qu'on sache pourquoi, la sève refuse de remonter. Les bourgeons se dessèchent, et l'arbre meurt, miné par un mal dont on ignore la cause, et qu'on n'avait pas prévu.

Philippe, selon son habitude, se taisait.

« Il y a une autre solution à laquelle j'ai pensé, dit Alice. Si je vends la propriété maintenant (André vit alors passer quelque chose de douloureux dans son regard), je peux, si cela vous convient, donner à Luc le montant de la vente. Ce serait dommage qu'il ait une maison à payer, alors qu'il a tant de biens ici. Bien sûr, nous vendrons ces vignes moins cher que si elles étaient replantées, mais tout de même, ce ne sera sans doute pas loin de lui payer la villa qu'il va faire construire. De votre côté, vous donneriez intégralement vos terres à Philippe, ne serait-ce qu'en nue-propriété au cas où vous voudriez en garder quelque temps la jouissance : ainsi, Luc toucherait l'argent de la vente, et Philippe aurait Bertranot dans sa totalité. Vos problèmes de succession seraient définitivement réglés. J'ai connu tellement de familles qui se sont brouillées pour une question d'héritage après la mort de leurs parents qu'on a tout intérêt à régler ses affaires de son vivant. Au moins là, vous serez tranquille. »

André s'étonna de cette détermination, de ces projets si précis chez cette vieille femme, et de ce terme juridique de « nue-propriété » qu'il ne connaissait pas lui-même.

« J'ai rencontré le notaire il y a trois jours, précisa-t-elle. C'est lui qui m'a tout expliqué. Si nous sommes d'accord, il a un acquéreur qui est prêt à acheter tout de suite. C'est Borcioli : ces Italiens qui étaient arrivés pauvres comme Job ont tellement travaillé qu'ils sont devenus riches maintenant. Ils cherchent encore des terres pour planter de la vigne. Il suffira de nous mettre d'accord sur le prix. »

Le notaire lui avait expliqué aussi qu'avec Mitterrand et la coalition socialo-communiste qui avait été élue au printemps, des mesures défavorables à la propriété se préparaient au Parlement : une hausse substantielle des droits de succession dont la perspective en avait entraîné plus d'un à recourir d'urgence à la donation-partage avec possibilité de garder l'usufruit ; un impôt sur le capital aussi, dont les propriétaires feraient les frais. L'outil de travail n'en serait peut-être pas exclu. C'est pourquoi il valait mieux vendre et ne conserver que l'essentiel. Dans les journaux, à la télévision, sur les chaînes de radio, les thuriféraires du nouveau pouvoir l'avaient proclamé à l'envi : « La France de Balzac, c'est fini ! »

Philippe remua sur sa chaise. Il n'aimait pas ces trop longues palabres. Alice crut qu'il n'était pas d'accord.

« À moins que tu ne préfères la première solution. C'est à toi de voir si tu as envie, ou si tu te sens capable d'exploiter près de cinquante hectares de vignes, dont les trois quarts, je te l'ai dit, seront à replanter.

— Non, certainement pas, répondit-il. J'en ai bien assez à cultiver comme ça. »

C'était parti d'un trait, avec même quelque chose comme de l'agacement. André sentit son cœur se serrer.

« Si je fais autre chose, ce ne sera pas de la vigne », ajouta Philippe d'un air énigmatique.

Il y eut un moment de gêne dans la conversation.

« Donc, reprit Alice, tu préférerais la deuxième solution. En ce qui me concerne, je crois aussi que c'est la meilleure. »

André avait toujours admiré cette femme volontaire. C'était elle qui dirigeait la propriété. Son mari, travailleur comme elle, mais plus nonchalant, se contentait d'approuver les décisions qu'elle prenait.

En rentrant à Bertranot, André avait réfléchi longtemps avant de s'endormir. Et il trouva qu'Alice avait raison : avec Marcel, ils n'avaient eu qu'une fille unique, et le problème ne s'était pas posé pour eux de la même façon. Mais avec deux enfants, la difficulté du partage et les règlements toujours délicats qu'il engendre risquent d'être une source de conflits si l'on n'y met pas bon ordre de son vivant.

Dès le lendemain, il téléphona à Luc pour lui faire part des dispositions qu'il avait prises. André voulait l'empêcher tout de suite de contracter un emprunt qui serait maintenant inutile. Bien sûr, là-bas, le jeune couple exultait. Luc et Françoise n'étaient pourtant pas descendus pour assister aux obsèques de Marcel. C'était si loin, Commercy. Et puis ils avaient eu des scrupules à manquer des cours en plein cœur du premier trimestre, celui où tout se joue pour les écoliers et les lycéens. Ils avaient aussi voulu épargner la fatigue du voyage à Marie qui venait de faire ses débuts à l'école primaire.

André entendit néanmoins Françoise qui disait à la petite :

« Tu vas téléphoner tout de suite à Mamie pour la remercier. Grâce à elle, nous pourrons avoir une maison magnifique. »

À la fin novembre, Alice signa l'acte de vente de sa propriété, sans émotion apparente. Elle avait gardé le même air déterminé que le jour où elle avait fait part à Philippe et André de sa décision. Le notaire se chargea de transmettre les fonds à Luc, et de trouver la meilleure solution possible pour limiter les frais de succession qui furent déduits du montant de la vente.

*

Quelques jours avant Noël, le domestique d'Alice la trouva étendue devant le poulailler. Le baquet de grains qu'elle portait à la volaille s'était répandu autour d'elle. Quand le docteur Colleignes arriva, le corps était déjà froid.

« Si on l'avait trouvée tout de suite, il aurait peut-être été possible de la sauver, dit-il. Il y en a, même à son âge, qui se remettent de ces accidents cardio-vasculaires. Mais rien ne dit qu'elle ne serait pas morte à l'hôpital quelques jours après, comme son mari. Ou bien elle aurait eu des séquelles.

Vous l'imaginez, active comme elle était, sur un fauteuil ? »

Ah ça, certes non, André n'aurait pu l'imaginer : Alice aurait préféré cent fois la mort que la déchéance. D'ailleurs, ne l'avait-elle pas sentie venir, la mort, depuis plusieurs semaines ? Cet instinct de bête qu'ont gardé les paysans, peut-être l'avait-il prévenu, après le décès de Marcel, que sa fin, à elle aussi, était proche. Chez les vieux attelages de bœufs, lorsqu'un des deux mourait, il était rare que le second lui survive longtemps. C'était peut-être pour cette raison qu'elle avait mené ses affaires si rondement au cours du mois qui avait suivi la mort de Marcel. Alice avait senti que tout était en ordre maintenant, et qu'elle pouvait partir à son tour, avec le sentiment du travail accompli.

Comme c'était le début des vacances de Noël, et qu'ils devaient descendre à Salvetat pour les fêtes, Luc, Françoise et Marie assistèrent aux obsèques d'Alice. Luc était affecté, sans aucun doute, mais il paraissait constamment ailleurs, pressé de repartir, absorbé par d'autres préoccupations. Il en avait toujours été ainsi depuis son mariage. À l'enterrement, c'est Philippe qui parut le plus touché : tout enfant, il prenait son petit vélo pour aller rejoindre sa grand-mère Alice dans la vallée : elle l'amenait à son potager, lui apprenait les mille petits secrets du jardinage. Il l'aidait à creuser les sillons, ramenait les arrosoirs du ruisseau, enfonçait à la masse les tuteurs des cornichons ou des tomates. Alice aimait peut-être plus que l'autre ce petit-fils qui lui paraissait avoir la passion de la terre.

Pendant les obsèques, glacé par le vent qui sifflait à travers les cyprès, André se souvenait de la femme forte qui l'avait accueilli autrefois, qui avait su le faire manger quand il avait faim, et dont il avait reçu des conseils précieux, lors des premières années de son mariage, au moment de replanter le vignoble.

Dans sa tristesse, André se réjouit néanmoins de voir Marie. Il s'en voulut, malgré les circonstances, de n'avoir pas songé à lui préparer un arbre de Noël devant la cheminée. Heureusement, il avait acheté quelques jours plus tôt, à son intention, un livre d'images qui racontait aux enfants la naissance de Jésus.

« Cela lui permettra de connaître un peu cette belle histoire », s'était dit André, car, comme beaucoup de parents de cette génération, Luc et Françoise avaient omis d'inculquer la moindre parcelle de connaissance religieuse à Marie. Ils ne l'avaient même pas fait baptiser.

« Il faut lui laisser une entière liberté dans ce domaine, disait Françoise. C'est Marie qui décidera quand elle aura atteint l'âge de raison. »

André se demanda quel choix elle pourrait bien faire si on ne lui parlait pas du tout de ces choses qui ne peuvent germer seules dans un esprit. A-t-on vu naître du blé dans un champ où personne n'a semé de la graine ? Et il regrettait que Marie ne connaisse rien de ces histoires si propices à éveiller le cœur des enfants.

Aussi avait-il décidé de lui offrir ce livre.

Il devait le lui envoyer pour ses étrennes, mais puisqu'elle était là, ce soir, il alla le chercher dans l'armoire de la salle à manger.

Pendant que Marie feuilletait les pages et venait montrer à son grand-père les images qui l'intéressaient le plus, on parla longtemps autour de la table, pendant la soirée. Il y avait des affaires à régler : la donation-partage suggérée par Alice. Il fut convenu que le notaire enverrait les actes à Commercy afin de leur éviter de descendre une seconde fois dans les prochaines semaines.

« Si vous voulez, dit André, on peut réfléchir à ce que vous ferez de la maison des grands-parents. Bien sûr, vous pourriez la vendre tout de suite. Mais à mon avis, il vaut mieux la louer. On ne sait jamais, si Françoise et toi décidiez de redescendre un jour ici, vous seriez peut-être bien contents de vous y installer. C'est une belle ferme, suffisamment vaste pour y aménager autant de pièces et de bureaux que vous en désirerez. »

Françoise n'entendit pas car elle venait de saisir brusquement Marie qui refusait de monter dans sa chambre, voulant rester encore avec son grand-père.

« Tu as oublié que nous devons partir de bonne heure demain matin pour aller à Salvetat ? Il faut toujours que tu désobéisses ! »

Luc admit que la proposition de son père n'était pas inenvisageable. Mais il mit tellement peu de conviction à sa réponse qu'André détourna la tête vers la cheminée. La bûche s'éteignait au milieu de l'âtre, comme venait de s'éteindre en lui un reste d'espoir qu'il avait encore gardé.

Luc ajouta alors :

« Tu sais, pour l'été prochain, nous avons bien réfléchi avec Françoise. Ce ne serait pas raisonnable de quitter Commercy au moment des travaux de la maison. Il vaut mieux rester avec les artisans si l'on ne veut pas avoir de déconvenue. L'architecte doit surveiller les travaux, mais il est plus prudent d'y veiller soi-même. Notre collègue de maths qui a fait construire l'an dernier s'est bien mordu les doigts d'être parti pendant les vacances : il y a tout un tas de détails qui n'ont pas été réalisés. En tout cas, pas comme il l'aurait voulu. Peut-être ferons-nous un saut à Bertranot au début du moins d'août, s'il nous est possible de nous échapper une semaine à Salvetat. »

Il dut voir que le regard de son père s'assombrissait.

« Françoise est fille unique, tu comprends. Mais tu peux être sûr que l'année d'après, nous viendrons passer un mois ici, comme je te l'ai promis. »

XIII

Dès les premiers jours de janvier, Philippe annonça à son père son intention de cultiver un champ de fraises sur ce coteau, à la place du demi-hectare d'amandiers qu'André avait conservé jusqu'à l'année précédente en souvenir du grand-père Bertrand qui l'avait planté. Il ne restait plus qu'une douzaine d'arbres, et beaucoup de ronces : un bulldozer avait défriché le terrain, et André comptait ainsi agrandir la parcelle de vignes qui était à côté.

Mais Philippe voulait essayer les fraises :

« Dans la plaine, avec un seul hectare, il y en a qui se font des millions et des millions.

— Mais les fraises, il faut les arroser, avait répliqué André. Je n'ai pas besoin de te dire que l'eau est rare sur ce coteau. Notre puits a vingt-huit mètres de profondeur : si tu savais, avant qu'on nous amène l'eau de la ville, ce qu'il m'a coûté de peine, ce puits, quand j'étais jeune. J'ai tout essayé. Une chaîne à godets, puis un moteur électrique suspendu à moitié puits. Quand la chaîne cassait, ou que le moteur se mettait en court-circuit à cause de l'humidité, il fallait que j'y descende accroché par une corde, et en tenant une bougie au cas où il y aurait du gaz carbonique : deux fois au moins j'ai failli me tuer avec ces histoires. Et quand le système fonctionnait, c'était la nappe qui s'épuisait en un quart d'heure dès le milieu de l'été. »

Philippe avait déjà réfléchi à tout. Il aménagerait une réserve d'eau dans le bas-fond du Pichourlet, juste après le départ de la source. Cette longue prairie étroite, encaissée entre deux pentes abruptes, ne servait plus désormais à rien depuis qu'il n'y avait plus de bétail à Bertranot. André laissa quelque temps pacager les dernières paires de bœufs du village sur cette prairie, celles de son voisin Léon qui avait mal géré ses affaires et qui avait dû vendre ses terres les unes après les autres. Mais c'était il y a bien longtemps : plus personne maintenant n'avait de bétail au village, elle n'était plus d'aucune utilité, et les joncs en avaient envahi le sol.

« Je construirai une digue en terre de deux mètres de haut, juste avant l'ancien lavoir de la commune, et quand ce bas-fond sera entièrement rempli d'eau, je pourrai arroser tout ce que je voudrai. Si cela marche bien, j'arracherai le bois d'acacias qui est à côté, et je ferai un hectare de fraises supplémentaire. De toute façon, à part la vigne, il faut tout arroser maintenant quand on veut avoir des récoltes convenables, et depuis la sécheresse de 76, le prix de l'eau a tellement augmenté que cela vaut le coup de s'équiper de cette réserve. »

Et il ajouta :

« Même pour les légumes de ton jardin. »

Philippe toucha un point sensible. André avait conservé le jardinet de la maison qui semblait avoir été là depuis toujours, avec son grillage pour le protéger des poules, et son petit cabanon au crépi rose où il rangeait les outils. Il aimait y cultiver ses laitues au printemps, des chicorées pour l'arrière-saison, une dizaine de pieds de tomates, quelques concombres : c'était son plaisir, avant le repas, d'aller cueillir, tout frais, ces légumes humides encore de leur sève, qu'il grignotait en hors-d'œuvre à midi, ou qui, de juin à septembre, lui tenaient lieu de souper. L'hiver, c'était un radis noir qu'il arrachait de la terre, et dont il assaisonnait les rondelles d'huile et de sel dans son assiette. Quand finissait l'automne, juste avant les gelées, il trouvait de la volupté à ramener sur la table quelques-unes de ces dernières tomates que la fraîcheur des nuits empêche de mûrir tout à fait : il leur trouvait la saveur à la fois douce et acide des choses que l'on aime et qui vont finir. Quelle que fût la saison, il n'aurait pas conçu de faire sa soupe, cette nourriture fondamentale dont aucun paysan n'aurait su se passer, sans arracher les poireaux, les navets ou couper les choux qui poussaient dans son enclos. Cependant tous ces légumes buvaient des litres et des litres d'une eau dont le coût augmentait chaque année. Surtout depuis la sécheresse de 76. Philippe avait raison. Autrefois les vieux regardaient les fossés se remplir en hiver : ils y voyaient le signe que l'eau ne leur manquerait pas durant l'été. Mais il y avait belle lurette que les fossés restaient secs de l'automne au printemps.

« Oui, mais cette eau, il va falloir la faire grimper jusqu'ici, objecta André, ou du moins jusqu'à ta parcelle de fraises. Comment comptes-tu t'y prendre ? Je me souviens du moteur à essence que j'avais installé autrefois pour arroser mes pépinières avec l'eau de cette source : il tombait toujours en panne. Et si tu mets un moteur électrique, il va falloir des poteaux. Cela coûtera les yeux de la tête.

— J'y ai réfléchi. Une pompe, ce n'est pas la ruine. Et pour le moteur, j'utiliserai le vieux Ferguson qui ne sert pratiquement plus à rien. Au ralenti, on pourra le faire tourner pendant des heures sans problèmes. Quant aux tuyaux et aux sprinklers, pas besoin d'en acheter de neufs puisqu'il y a toujours, sous le hangar, le matériel dont tu te servais pour arroser tes pépinières. »

André avait fini par céder à ce nouveau caprice. Pour sa part, il ne voyait pas l'utilité de se lancer dans la culture de la fraise sur ce coteau où la vigne poussait si bien. Surtout maintenant que le vin était devenu tout à fait rentable. Mais il approchait de la soixantaine, et il ne voulait pas s'opposer à Philippe, si ombrageux, si prompt à la colère, et capable de tout quitter lorsqu'il était contrarié. Et puis, il s'était laissé séduire par la perspective de pouvoir irriguer en abondance son bout de jardin.

D'ailleurs cette source du bas-fond lui était chère. C'était l'antique fontaine de Bertranot, celle des temps lointains, oubliés des mémoires, où ses ancêtres étaient venus s'établir sur ce coteau. Pendant des siècles, ils y avaient puisé, à coups de seaux, l'eau nécessaire à la vie des bêtes et à celle de tous ceux qui vivaient dans la maison : l'eau pour la cuisine, l'eau pour boire, se laver, nettoyer le sol... Mais l'accès en était malaisé, abrupt, encombré de rocs, et il fallait près d'un quart d'heure à pied pour s'y rendre. Quelques recs* profonds crevassaient les pentes qui se déversaient vers ce bas-fond. Quand on voulait l'atteindre avec un attelage afin de remplir un tonneau, l'itinéraire était plus long encore, imposait un vaste détour, et on n'atteignait la fontaine qu'au bout d'une demi-heure. Aussi, à la fin du XIXe siècle, quand les vignerons eurent vaincu le phylloxéra et que la prospérité revint à Bertranot, l'arrière-grand-père d'André avait fait creuser un puits tout près de la maison. Mais la nappe était si profonde qu'il fallut descendre à plus de vingt-huit mètres pour trouver une eau rare, difficile à ramener à la surface, et qui s'épuisait vite en été. On s'en était contenté néanmoins, jusqu'à ce que l'adduction d'eau soit parvenue dans chaque ferme, mais André continuait à se rendre, quelquefois, jusqu'à l'ancienne source du Pichourlet pour en ramener une cruche. Les gens de la ville croient que toutes les eaux ont la même saveur : « insipide », disaient les manuels de l'école. Quelle erreur ! Chaque source produit une eau qui a sa saveur propre. Celle du Ripouyrit, en plein cœur des bois, révèle une saveur d'humus, à peine âcre comme les pêches sauvages de la fin d'été, capable d'apaiser les papilles après une longue marche. Celle qui sourd au bas du village, à mi-coteau, et que ses propriétaires ont protégée par une maisonnette aux pierres chaulées, porte en elle le goût de l'argile qu'elle a léchée avant de sortir du sol. Il en existe une autre à Vidalot, à l'orée d'une forêt de pins tapissée d'une bruyère épaisse dont la nappe doit infuser les racines, car on décèle en la buvant, quelque chose de résineux comme dans les vins grecs. La source du Pichourlet, celle que Philippe s'apprêtait à capter pour constituer sa réserve, fleurait l'odeur de fer qu'exhalaient les socs rougeoyants quand André les frappait sur l'enclume. Elle glissait le long des menthes sauvages qui lui communiquaient une acidité parfumée, et ce mélange était incomparable pour calmer la soif.

L'eau d'aujourd'hui, celle qu'on est allé chercher après les grandes sécheresses de ces dernières décennies, au prix de forages ruineux, dans des profondeurs où elle dormait depuis des centaines de millénaires, enfouie comme une momie au cœur d'une pyramide, celle-là est réellement insipide. Toutes ses saveurs se sont éteintes, depuis si longtemps qu'elle gît au fond de la terre. Encore heureux quand elle ne sent pas le chlore.

Même quand il n'allait pas y puiser de l'eau, André se plaisait à venir seul, quelquefois, près de cette fontaine que ses ancêtres, jadis, avaient aménagée. Délimitée sur l'arrière par le rocher, retenue à l'avant par un petit mur de pierres, elle avait la taille et la profondeur d'un berceau. L'eau y était tellement limpide que, lorsque le soleil ne l'éclairait pas, la cavité semblait vide, et il fallait la toucher du doigt pour s'apercevoir que la surface affleurait le haut de la murette. Pourtant, s'il s'avisait d'en remuer le fond avec une tige de vergne, un nuage d'impuretés se répandait dans la cuvette, en troublait la transparence, la rendait opaque, sale, souillée. L'âme humaine lui paraissait semblable à cette fontaine : quelle qu'en soit l'apparente clarté, il vaut mieux ne jamais toucher aux sédiments ensevelis, de crainte que la noirceur ne se révèle. Aussi se contentait-il de s'asseoir sur les pierres et de caresser la moiteur fraîche de ce cristal. L'été surtout, quand la chaleur écrasait de sa masse la cour de Bertranot, et qu'il venait se réfugier ici, à l'ombre des branches penchées jusqu'au sol.

André ne fut donc pas fâché à l'idée d'aménager ce lieu qui lui était cher, et où il aurait ainsi l'occasion d'aller plus souvent.

D'ailleurs, une autre idée lui vint :

« On pourrait faire, sur le côté, un petit plan d'eau peu profond, de quelques mètres carrés. Quand Luc et Françoise viendront l'été prochain, ils pourront s'y baigner avec Marie. »

Philippe n'y vit pas d'objection, mais il fallait attendre la fin du printemps pour réaliser les travaux : le sol était si glaiseux, et l'eau s'y retenait, l'hiver, en flaques si profondes, que le bulldozer n'aurait pu manœuvrer à son aise. Surtout, il aurait irrémédiablement démoli les accès de la vallée en écrasant la terre trop molle.

*

C'est au cours du mois de mars que Philippe se fâcha brutalement avec Camille. En rappelant cette scène à sa mémoire, André revoit l'arrivée de Camille à Bertranot, quelques mois avant la mort de Marie-Anne. Et les images se superposent dans sa tête. Il repense aussi à Georges qui avait connu les enfants petits. Mais Georges, qui était originaire de Bretagne, avait souhaité rentrer dans son pays au moment de la retraite. André l'avait regretté : ensemble ils avaient refait la plupart des plantations de la propriété. Souvent, le soir, Georges n'hésitait pas à retrouver André, à la forge, pour préparer les socs, affûter les outils, ou pour effectuer la vidange des tracteurs, sous le hangar, à la lumière d'une baladeuse.

Puis il avait eu Raymond, pendant deux mois, avec ses abominables histoires de la guerre d'Algérie. C'est juste après son départ que Camille s'était présenté à Bertranot. Il était tout jeune alors, s'y connaissant peu aux choses de la terre, mais plein d'une immense bonne volonté. En tout cas, les premiers signes de la maladie de Marie-Anne avaient suffisamment préoccupé André pour qu'il se dispense de chercher davantage. Et puis Camille l'avait conquis, avec sa gentillesse, son dévouement, et ce visage d'adolescent qu'il avait gardé malgré ses vingt-six ans.

André revoit dans sa mémoire les larmes de son petit domestique au moment de la mort de Marie-Anne : cela ne faisait que quelques mois qu'il était dans la maison, et déjà, il se sentait de la famille :

« Ma patronne ! Ma pauvre patronne ! » gémissait-il devant le lit où elle était étendue.

André lui avait toujours su gré de cette compassion, et de l'empressement qu'il avait manifesté au cours des semaines qui suivirent. Certes Camille n'était pas de ces domestiques d'autrefois auxquels on pouvait confier la propriété presque les yeux fermés. Il avait du mal à lire, ce qui était un sérieux handicap à l'heure où le dosage des engrais chimiques ou celui des produits de traitement devenait de plus en plus délicat et nécessitait une sévère vigilance. André y veillait de près, mais s'il se commettait malgré tout quelque erreur, il savait fermer les yeux sur les taches de black-rot ou de mildiou : quand arrivait le moment de la récolte, l'incidence était difficile à déceler.

La première altercation avec Philippe eut lieu dès le retour de son service militaire : Camille avait dépassé de manière sensible la date de vidange du vieux Ferguson. Celui-ci ne servait que si rarement qu'on le bichonnait un peu moins que les deux autres achetés par la suite, et il arrivait qu'on l'oublie, comme ces vieux devenus inutiles qu'on laisse des après-midi entiers sur un fauteuil sans même leur parler. André dut reconnaître qu'il avait lui-même négligé de vérifier cette date. Philippe s'était emporté, déclarant « que si c'était comme ça qu'on s'occupait du matériel, ici, mieux valait tout laisser tomber ».

André essaya d'aplanir : bien sûr, Camille n'était pas sans défauts, mais il fallait s'en accommoder aujourd'hui. Même autrefois, le patron n'était-il pas là pour indiquer le travail à faire ? Pendant l'enfance d'André, après la mort de ses parents, la propriété avait été confiée aux domestiques, par la force des choses, et les domestiques avaient fait ce qu'ils avaient pu, appliquant les vagues directives que la pauvre grand-mère tentait de leur donner. Mais les terres de Bertranot avaient bien failli ne jamais s'en remettre.

« Tu sais, Philippe, avait dit André en essayant de le raisonner, si Camille était plus compétent, il ne resterait pas ici : il serait à son compte, artisan par exemple, ou il aurait loué une propriété en fermage. Tu dois le prendre tel qu'il est, avec ses qualités et ses défauts. »

La colère de Philippe, heureusement, n'avait pas eu de suite.

Une autre fois, il surprit le petit garçon de Camille qui jouait avec des voliges qu'André avait ramenées de la scierie pour réparer le hangar. C'était un mercredi après-midi : en rentrant de l'école, l'enfant s'était mis à les placer en porte à faux contre une remorque ; il y sautait dessus, et les planches fines, les unes après les autres, volaient en éclats. Il en avait ainsi brisé une demi-douzaine lorsque Philippe l'avait surpris. Une fureur terrible s'était alors emparée de lui. André craignit même qu'il ne frappe le garçonnet. Camille et sa femme s'étaient excusés, proposant de payer la casse. André s'efforça, cette fois encore, de calmer Philippe et de rassurer ces pauvres gens : qu'étaient-ce après tout que ces quelques voliges ? Il en restait encore bien assez pour remettre le hangar en état.

« Oui, mais si je n'étais pas arrivé, c'était le tas tout entier qui y passait », avait hurlé Philippe.

André fut d'autant plus consterné par cet incident que plusieurs fois il avait vu Philippe en train de jouer avec l'enfant. Un jour, il l'avait même fait monter sur le tracteur avec lui. Mais Philippe était sujet à ces colères soudaines, inexpliquées, qui pouvaient devenir d'une violence extrême. Alors André n'avait pas osé insister, craignant d'augmenter sa fureur. À la moindre contrariété, cet ombrageux garçon se disait prêt à tout vendre et à partir, comme si Bertranot ne lui était rien. Pourtant, il s'enflammait aussi pour une limite qu'un voisin ne respectait pas, ou contre des promeneurs qui ramassaient des châtaignes.

« Vous êtes chez moi, ici, leur criait-il. Est-ce que je viens chez vous, moi, dans votre jardin, cueillir vos fleurs ? »

L'argument paraissait de poids, et les imprudents s'en allaient sans oser protester.

« Vois-tu, Philippe, lui dit un jour André, tu as eu la chance de naître avec des biens que tes ancêtres ont amassés avant toi. Tout le monde n'a pas cette chance. Il est bien normal de laisser de temps en temps aux autres un peu de ce que nous avons reçu. »

Mais tant que Philippe était en fureur, il était incapable de rien entendre. Et quand sa fureur était passée, André n'avait ni le courage ni la force d'en reparler.

Cette attitude lui semblait d'autant plus étrange que jamais il n'avait éduqué ses enfants avec cet esprit-là. Dans les idées de Luc, il pouvait reconnaître certaines fascinations de sa propre jeunesse, et il se souvenait de l'attrait qu'exerçaient sur lui-même, autrefois, des personnalités comme Yves

Montand ou Simone Signoret. Malgré son attachement viscéral à la propriété, il y avait dans leurs combats quelque chose qui ne le laissait pas indifférent. C'est pour cela sans doute que s'il considérait ses terres comme une part de lui-même, jamais ce n'avait été pour en exclure quelqu'un. Au contraire, le plaisir de posséder, il ne le concevait qu'en le mêlant à celui de faire partager aux autres ce bien qu'il avait eu la chance de recevoir, ce cadeau que lui avaient légué les générations venues avant lui. Aussi s'étonnait-il de la façon dont Philippe pouvait un jour menacer de tout vendre, comme si ce don de ses ancêtres lui était étranger, alors qu'il lui arrivait, le lendemain même parfois, de le défendre, avec la hargne d'un chien de garde, contre la simple intrusion des autres.

Non, certes, André avait beau fouiller ses souvenirs, il ne pouvait se reprocher de l'avoir éduqué ainsi, et il se demandait de qui Philippe pouvait bien tenir une telle âpreté. Alice voyait dans ce cadet une survivance de son grand-père Charles : Philippe en avait indiscutablement reçu la haute silhouette et certains traits du visage. Comme Philippe, l'aïeul Charles barricadait jalousement son territoire. Mais il y avait sans doute aussi chez ce garçon la résurgence d'autres ancêtres oubliés, paysans modelés à l'image de leur vie de rudesse, farouches au gain par nécessité, durs avec les autres parce que tout était dur avec eux. On racontait dans la famille l'histoire de cet aïeul lointain qui, au moment de la Révolution, à la tête d'une meute de croquants, avait attaqué le château d'Ambrus : les châtelains lancèrent leurs chiens contre ces gueux, et l'aïeul était revenu chez lui les cuisses en lambeaux. Cette hargne de terriens affamés, Philippe en gardait la trace mystérieuse dans la violence de ses réactions.

C'est ce qu'André se disait en tout cas lorsqu'il cherchait une explication à ces colères irraisonnées. De toute façon, il se gardait bien d'intervenir dans ces querelles de voisinage, se préoccupant surtout des relations avec Camille que Philippe réprimandait sans cesse pour des peccadilles.

Ce fut à propos d'une affaire de désherbage qu'eut lieu la rupture. Camille devait appliquer un défoliant sur les pampres gavés de sève qui envahissent inlassablement la base des ceps au mois de mai. Le vent s'était levé dans l'après-midi. Camille aurait dû attendre qu'il s'apaise avec le soir. Mais ce soir-là, justement, Camille avait décidé d'aller poser des collets pour attraper un de ces jeunes lapins, nés depuis quelques semaines, qui envahissaient les rangs de vigne. C'est à cette période qu'ils sont tendres et savoureux. L'été, ils contractent souvent la terrible myxomatose, et deviennent de pauvres bêtes aveugles, aux yeux exorbités, qui viennent échouer lamentablement à portée de fusil. Ou bien ils meurent avant l'ouverture de la chasse.

Camille avait donc aspergé la base des ceps malgré le vent, et trois rangs de vigne furent brûlés au point de perdre leurs feuilles. Philippe entra dans une colère si violente que Camille en avait pleuré.

Le lendemain, les yeux rouges encore, il était allé voir André :

« Patron, ça ne peut plus durer comme ça. Je vous aime beaucoup, et vous, je ne vous aurais jamais quitté. Cela fait plusieurs fois que Rigal, de Saint-Léon, me propose de m'embaucher. J'avais toujours refusé, mais maintenant, je vais lui dire que j'accepte. »

André se sentait si honteux, et il craignait tellement une nouvelle altercation, qu'il n'osa pas le retenir. Camille était resté dix ans avec lui, sur la propriété ; André y était attaché : il se souvenait du soutien qu'avait été le petit domestique au moment de la mort de Marie-Anne. Ce fut avec une immense peine qu'il regarda les meubles s'entasser sur la remorque, derrière un tracteur que son nouveau patron lui avait prêté, puis toute la famille partir avec le chargement. On aurait dit ces images d'exode qu'il avait vues pendant la guerre aux actualités du cinéma.

« De toute façon, les domestiques à la maison, c'est dépassé aujourd'hui, avait déclaré Philippe, au repas du soir. Et puis ça ne cause que des ennuis, surtout lorsqu'ils ont des gosses. Nous ferons comme les autres : il y a les Marocains, maintenant, ils sont dociles, et ils travaillent trois fois plus qu'un Français. »

C'est ainsi qu'ils avaient embauché Allal qui venait d'arriver dans une HLM de la commune voisine accompagné de sa femme et de ses nombreux enfants. Son contrat avec un producteur de haricots verts s'était achevé l'été précédent, et il était au chômage en attendant de trouver une nouvelle place. Allal ne résida pas à Bertranot : Philippe n'eût pas voulu d'ailleurs de cette flopée de gamins autour de la maison.

Lorsque Luc et Françoise s'arrêtèrent deux journées au début du mois d'août, la petite Marie avait été peinée de ne pas retrouver Camille, et surtout son fils avec qui il lui était arrivé de jouer, bien qu'il fût plus âgé qu'elle. La fillette alla pourtant babiller avec Allal au moment où il remplissait une pompe à sulfater au robinet de la cour. Le Marocain avait paru touché des paroles que lui avait adressées Marie, et la petite s'était trouvée tout émerveillée de cette rencontre :

« Tu sais, grand-père, Allal, on dirait Balthazar, le Roi mage du livre que tu m'as acheté l'an dernier à Noël. Et puis, qu'est-ce qu'il est drôle avec son accent ! Il m'a dit qu'il avait une petite fille du même âge que moi. Elle s'appelle Samira. »

André s'était vite habitué à son nouvel employé. C'est vrai qu'Allal avait une énorme capacité de travail, et il était doué d'une force étonnante. Un jour qu'une roue du tracteur avait crevé, il transporta l'énorme cric sur ses épaules depuis le hangar jusqu'au milieu de la vigne, au sommet de l'autre coteau. Pas un de ces crics de voiture que même des mains de femme parviendraient à manipuler, mais un cric de batteuse, dont on se servait pour les dépiquages mécaniques, quand il fallait caler le châssis des locomobiles. André l'avait déniché autrefois chez un ferrailleur, à la foire de Bordeaux. Lui-même ne parvenait qu'avec peine à le soulever seul. Il avait été sidéré quand il avait vu Allal hisser d'un coup de main cette masse pesante sur ses épaules et partir ainsi chargé vers la pente abrupte.

C'était la vie, après tout. Il y avait eu Georges, puis Raymond, puis Camille. Maintenant c'était Allal. À quoi bon s'attacher aux êtres ? Depuis sa jeunesse, André avait dû si souvent s'habituer à tous les changements qui s'étaient opérés autour de lui qu'il avait pris son parti de s'adapter à celui-là, comme aux autres.

XIV

André a résolu de se lever maintenant. L'après-midi est presque achevé. Par la fenêtre, il aperçoit la vallée brumeuse dont émergent seulement le clocher triangulaire de l'église et, à mi-coteau, la cime presque noire des cyprès du cimetière.

« À quoi bon s'attacher aux êtres ? »

Il se souvient de ces mots, murmurés pour lui-même juste après le départ de Camille dans les jours qui avaient suivi l'arrivée d'Allal à Bertranot.

« Et à quoi bon, se dit-il alors, tout ce réveil des vieux souvenirs ? » Était-il utile d'en remonter le fil et de raviver ainsi des plaies toujours douloureuses ? Mais les souvenirs, c'est comme l'engrenage d'une machine : si l'on y met le doigt, c'est le bras, puis le corps qui y passent tout entiers. Et l'âme à son tour se trouve prise dans les roues crantées. Dès qu'on se met à réveiller ces images lointaines, plus rien ne peut détacher du fil qu'on tient soudain entre ses doigts, et il faut suivre jusqu'au bout le labyrinthe où il nous entraîne.

André se rappelle qu'Allal était à Bertranot depuis un an lorsque Philippe avait vraiment failli tout abandonner. C'était au mois de juin. Après des Pâques précoces, la pluie s'était refusé à tomber pendant plusieurs semaines. D'abord, le froid était revenu. La lune rousse fit craindre des gelées destructrices. Chaque matin, en se levant, André observa par la fenêtre les herbes des talus comme il venait de le faire tout à l'heure, guettant la blancheur qui eût signifié, pour la vigne, la mort des bourgeons. Mais non, le mercure du thermomètre ne descendit jamais en dessous du trait rouge qui marque la limite des températures positives. Quinze jours durant, le vent du nord souffla, desséchant la terre, bloquant la sève dans les racines, tandis qu'un soleil froid répandait une lueur sale qui donnait un aspect lunaire au paysage.

Un soir, le vent tourna à l'autan, apportant des souffles chauds qui laissaient présager la pluie. Ils répandirent leur haleine pendant une semaine entière sans que le moindre nuage apparaisse dans le ciel.

Ce fut au milieu d'un après-midi que la pluie se décida enfin : de grosses gouttes tièdes arrosèrent le sol, libérant de la terre des bouquets d'exhalaisons parfumées, tout un mélange de poussière odorante et de fragrances emprisonnées par la sécheresse. André n'avait pu résister au plaisir de s'enfoncer dans les bois et de parcourir un sentier pour s'imprégner de ces odeurs délicieuses. Il lui sembla que des fleurs s'étaient ouvertes d'un seul coup par la magie de l'humidité. Allal lui avait raconté que dans le désert, sous l'effet d'une pluie violente qui ne tombait que tous les deux ou trois ans, des plantes surgissaient du sable, dépliaient leurs feuilles et fleurissaient en quelques heures, avant que le soleil de feu les brûle et les anéantisse. Sous un chêne, il vit une touffe de muguet dont les clochettes à peine écloses pointaient luisantes, toutes neuves, sous les élytres de leur feuillage. Au bord du sentier se dressait une multitude blanche de fleurs fragiles, des sortes d'œillets sauvages dont la tige était si frêle qu'il la distinguait à peine : les corolles semblaient planer, aériennes, au-dessus du sol. Soudain, il s'arrêta devant un « sceau de Salomon », cette variété rare de muguet qui pousse solitaire au hasard des taillis : il contempla longtemps la perfection de cette hampe festonnée de pompons blancs, que protégeait le dais d'une vaste feuille au vert velouté.

Mais les nuages étaient déjà partis. Un soleil puissant pénétra d'un seul coup à travers les branches que la frondaison ne recouvrait pas encore. Le sous-bois s'illumina quelques instants d'une féerie d'étincelles qui parurent jaillir du sol, embrasant la mousse et les fougères naissantes. Puis les rayons se heurtèrent à la carrure opaque d'un vieux chêne : aussi rapide qu'elle était venue, la magie cessa, tout redevint terne, et une grosse chaleur humide, épaisse, s'abattit comme une chape.

Cette nuit-là, André resta longtemps dehors afin de respirer les parfums de la forêt que la fraîcheur du soir avait en partie restitués. À l'aube, ce fut un soleil d'août qui l'éveilla, brûlant dès ses premières lueurs. À midi, l'humidité, répandue la veille, s'était déjà évaporée. De nouveau la végétation se mit à haleter. Seule la vigne paraissait ne pas souffrir.

« Tout ce qu'on a gagné avec cette pluie, c'est d'être obligé de sulfater », avait grommelé Philippe.

Et dès l'après-midi, avec Allal, ils avaient rempli de lourds atomiseurs dont ils aspergèrent le vignoble pendant deux journées entières. Depuis la cour de Bertranot, André voyait les tracteurs monter et descendre les coteaux, inlassablement, puis revenir au robinet pour un nouveau remplissage, et repartir à l'assaut des pentes.

Après quatre jours d'une chaleur de plein été, le soleil se leva sur une longue traînée rouge qui barrait l'horizon. Dès la matinée, les hirondelles et les martinets se mirent à tournoyer au ras du sol dans la cour de la ferme. Leur manège entêté continua tout l'après-midi, jusqu'à ce qu'un vent, tournoyant lui aussi, surgisse tout à coup du fond de la forêt, poussé par une grosse masse noire, corbeau gigantesque aux ailes menaçantes, qui frôlait la cime des pins. Puis la masse s'immobilisa, bientôt rejointe par d'autres masses, blanchâtres celles-là. Alors ce fut une sorte de lutte entre elles :

un combat de rapaces en furie, un affrontement silencieux, comme un film dont le son aurait été coupé. Seul un souffle énorme, diffus, continuait à balayer la forêt.

Un éclair gicla, aussitôt suivi d'un croassement sec qui brisa le silence. Et ce fut tout. Les nuages parurent hésiter, puis s'immobilisèrent.

Soudain quelques coups de fouet cassants, épars, claquèrent contre les tuiles. Peu nombreux d'abord, puis ce fut un immense vrombissement de batteuse, une trépidation de fin du monde. Une avalanche de grêle se mit à rebondir sur les toits, une neige de plombs à peine plus gros que des billes d'écoliers, mais drue, violente, comme lancée par une force maléfique, obscurcissant le paysage. La maison semblait secouée par un tremblement de terre.

André aurait été incapable de dire le temps que cela avait duré. Quelques minutes à peine sans doute. Il resta figé tout le temps du désastre. Puis la grêle avait cessé d'un seul coup, et un nouveau paysage était apparu. Les arbres aux trois quarts dénudés, et partout, au sol, sur les toits, une étrange blancheur tachée par la salissure verte des feuilles déchiquetées. En un instant, la température chuta. C'était l'hiver. Un silence lugubre s'établit, interrompu seulement par le grincement plaintif d'un portail qui battait sur ses gonds. Puis une brume grisâtre s'éleva, pareille à un voile de deuil, et resta suspendue au-dessus de la terre meurtrie.

André sortit, fit quelques pas au-dehors, chercha Philippe. Il le trouva prostré sous le hangar où l'orage l'avait surpris. Philippe sanglotait, comme un enfant. On aurait dit que quelque chose du grand tremblement de tout à l'heure était resté dans son corps. André posa sa main sur l'épaule de son fils, et demeura près de lui, un long moment, sans parler. Philippe regardait fixement, les yeux perdus, vers l'extérieur du hangar. Voyait-il son père, seulement ? Apercevait-il même, face à lui, la vigne dépouillée, cette pauvresse aux sarments nus ?

« On peut aller jeter un coup d'œil de près, si tu veux », essaya de lui dire André.

Philippe continuait de sangloter, toujours agité par son tremblement silencieux.

De nouveau, André tenta une approche :

« Il faut quand même aller se rendre compte. Tout n'a peut-être pas été atteint. C'est souvent très localisé, la grêle. »

Il insista encore. Plusieurs fois. Mais Philippe s'était enfermé dans une prostration dont rien ne pouvait le tirer.

Cela dura peut-être une heure. Peut-être même davantage. André s'était assis à côté de lui. La grêle avait fondu rapidement sur les tuiles brûlantes, et l'eau dégoulinait dans le zinc des gouttières avec des gémissements de bête blessée. Sur le sol aussi, mais moins vite, la couche blanche s'affinait, se rétrécissait, presque à vue d'œil. Seuls les angles de murs, où s'étaient entassées des congères, témoignaient encore du mitraillage glacé qui s'était abattu tout à l'heure.

Une pluie fine tombait maintenant, dont la grisaille se mêlait à celle de la brume. Le paysage, comme grillagé, les enfermait dans leur détresse.

« C'est pas possible de travailler pour rien, dit soudain Philippe, semblant se parler à lui-même. Pour rien. Pour rien... »

André n'avait su que lui répondre. C'était évident qu'ils allaient devoir sulfater encore, afin de cicatriser les sarments blessés. Et il ne fallait pas compter sur la récolte pour payer le travail.

« Je ne peux pas continuer, papa, dit-il d'une voix presque calme. Toi non plus. On se crève tous les deux à Bertranot, et regarde le résultat ! »

André lui rappela qu'ils payaient une assurance depuis trois ans, et qu'ils toucheraient vraisemblablement assez pour couvrir les frais, suffisamment pour payer le salaire d'Allal en tout cas.

Philippe ne paraissait toujours pas entendre, et il refusa de suivre son père quand celui-ci enfila ses bottes pour aller se faire une idée précise des dégâts.

Toute la pente qui descendait de Bertranot jusqu'au village était effectivement ravagée. Plus une seule feuille ne restait sur les ceps. Il écrasait, en marchant, les minuscules grappes hachées par la glace. Les sarments encore tendres étaient meurtris d'entailles qui commençaient à noircir.

Il faudrait procéder à une nouvelle taille. Mais au moins, ce n'était pas comme en 1937 où le bombardement de grêlons avait été si terrible qu'on était resté deux ans sans vendanger. Là, si tout se passait normalement, ils pouvaient espérer une petite récolte l'année suivante.

Il s'engagea alors sur l'autre coteau. La brume était encore tellement épaisse qu'il n'arrivait pas à distinguer, de loin, si la vigne avait été touchée. Il se mit à escalader la pente, le cœur battant comme s'il allait exploser. La glaise qui enrobait la grave collait à ses bottes, incrustait des cailloux dans les rainures de ses semelles : il se rendit compte à ce moment qu'il ne marchait plus sur des feuilles. Déjà la grêle avait été moins forte ici. Seule une pluie dense avait bombardé le sol. L'opulente frondaison avait protégé la plupart des grappes fragiles, à peine sorties de leur floraison. Certaines étaient mutilées et couleraient dès la première percée du soleil. Mais le plus gros de la récolte avait été épargné, et l'on pourrait sans doute vendanger ici à l'automne prochain. C'était ainsi jusqu'au sommet du coteau. Une grosse perte, bien sûr, mais pas un désastre comme à Bertranot.

Jusqu'au soir André continua sa marche à travers le vignoble, visitant les parcelles éloignées, celles de Larrabat ou des Minjons. Là, rien n'avait été touché. La grêle s'était vraiment localisée sur Bertranot. Une bande étroite, qui avait dû commencer son déferlement sur la forêt, s'était cassé les dents sur le dôme rugueux des pinèdes, et s'était achevée autour de Bertranot. C'est comme ça, la grêle. On avait connu des cas où des paysans avaient eu leur propriété saccagée, alors que celles de leurs voisins étaient demeurées intactes.

« La grêle, ça rend jaloux », disait sa grand-mère Octavie qui avait connu cette situation deux fois dans sa vie. Voir ses récoltes dévastées, c'est déjà une épreuve, mais cette épreuve est pire encore quand on ne la partage pas avec les autres.

Et là, même s'il devait se réjouir de voir intacte une large moitié du vignoble, il ne put s'empêcher de penser que ce n'était vraiment pas de chance que ce soit son vignoble à lui qui ait été touché. Le brouillard s'était dissipé, découvrant les pentes des environs : il voyait bien maintenant que la grêle avait épargné ses voisins. Ceux-ci s'en tireraient avec quelques dommages mineurs, comme lui-même partout ailleurs qu'autour de Bertranot. C'était l'avantage d'avoir une propriété morcelée. Lorsqu'on a toutes ses terres d'un seul tenant, c'est plus pratique sans doute, surtout pour les machines d'aujourd'hui, mais en cas de grêle ou de gelée, plus rien ne vous reste.

Il tenta de l'expliquer à Philippe, le soir, lorsqu'ils se retrouvèrent à table. Mais Philippe n'avait pas quitté son obsession depuis qu'André l'avait laissé sous le hangar.

« La terre, c'est fichu. Tu comprends, on est des chefs d'entreprise aujourd'hui, avec des charges, une comptabilité, des frais énormes. Nos machines sont aussi coûteuses que dans une usine. Mais dans une usine, ils n'ont pas la grêle ou les gelées qui viennent casser tout leur travail. Un jour, tout le monde s'en rendra compte, et il n'y aura plus de paysans en France. Les pommes arrivent déjà d'Argentine, les tomates du Maroc, le vin de Californie. Et cela va continuer. Crois-moi, papa, il faut que nous vendions tant que la terre vaut encore quelque chose ici. »

Philippe disait tout cela sans colère, et c'est justement ce qui bouleversa André. Il eût préféré ces déferlements d'humeur auxquels il s'était presque habitué maintenant, et qu'il savait sans importance puisqu'ils étaient sans lendemain. D'autant plus éphémères qu'ils avaient été vifs. Mais là, Philippe parlait avec une détermination froide, raisonnée. Il s'efforçait même de convaincre son père, s'adressait à lui avec une gentillesse inaccoutumée, d'une voix un peu faible de malade qui envisage avec lucidité une amputation nécessaire.

André se coucha bouleversé, persuadé cette fois que c'était bien fini, que Philippe allait vraiment tout abandonner. Normalement, il n'aurait pas dû en dormir de la nuit, mais il avait reçu des secousses si fortes au cours de la journée qu'il s'abattit comme une masse sur le lit. Un sommeil lourd et sans rêves le prit aussitôt.

Il dormit ainsi, d'un seul trait, jusqu'à l'aube. Jusqu'à ce qu'un ronronnement familier le réveille.

Dans la cour, les deux tracteurs étaient prêts à partir, les atomiseurs attelés derrière eux. Philippe et Allal s'affairaient avec les bidons de sulfate, mesuraient les doses de poudre. Le tuyau jaune achevait un premier remplissage. Allal grimpa sur l'un des deux tracteurs et s'engagea dans la vigne blessée. Quelques minutes après, Philippe partit à son tour.

L'orage était passé.

XV

On avait donc vendangé, malgré tout, cette année-là. Dès la mi-septembre, la ribambelle des vendangeuses et des vendangeurs était arrivée. Leurs rires sonores fendaient la brume froide du matin. Philippe était encore occupé avec l'entrepreneur qui déchirait avec son bulldozer les premiers talus du coteau afin d'élever la digue. André avait attelé le petit charreton à deux douils* dont l'étroitesse permettait de passer dans les rangs de vigne. C'était un des nombreux progrès qu'avait engendrés la cave coopérative : on n'avait plus besoin désormais des comporteurs qu'il fallait recruter autrefois dans les Landes et qu'on ne trouvait que de plus en plus difficilement. À la fin, c'était André qui assumait cette rude corvée avec Georges, son domestique breton. Mais depuis qu'il y avait la cave coopérative, avec ses grues qui soulevaient les douils* aussi facilement que des paniers de salades, le tracteur passait dans les rangs avec sa petite remorque, et les vendangeurs vidaient directement leurs baquets dans ces cuviers de vergne.

Il n'était pas nécessaire ici d'embaucher, comme dans le Bordelais, des équipes d'Espagnols ou de Portugais, ni de se mettre en quête de jeunes étudiants. Il y avait dans les alentours suffisamment de femmes d'ouvriers ou d'artisans, femmes au foyer le reste de l'année, qui ne demandaient pas mieux que de profiter de cette cueillette, toujours festive, pour se constituer un petit pécule. C'étaient parfois des saisonnières qui s'embauchaient selon les travaux du moment : ramassage des fraises ou des tomates, épamprage de la vigne qu'elles venaient aussi ramer juste avant les sulfatages.

André ne se souvenait pas d'avoir embauché personnellement Isabelle. Peut-être était-ce à Philippe qu'elle s'était présentée. À moins qu'elle ne soit venue un peu au hasard avec Adeline. Une de plus ou de moins, André n'était pas regardant, et personne ne serait de trop pour venir à bout de cette récolte, même amputée, qui s'annonçait.

Pas très grande, un joli minois régulièrement dessiné, des yeux vifs et malicieux, Isabelle avait vécu quelque temps à Bordeaux où elle s'était mariée avec un électricien. Ils s'étaient séparés au printemps, après six ans de mariage, et Isabelle était revenue vivre à Fargues, un village d'à côté, avec sa mère et son petit garçon. Adeline, qui connaissait par le menu la vie de chacun, avait raconté tout cela à André lorsqu'il lui demanda des renseignements sur sa nouvelle recrue.

Par principe, et par habitude, André n'avait jamais vraiment regardé – ce qui s'appelle « regardé » – les ouvrières qui venaient travailler à la propriété. Jadis, Marie-Anne avait eu beau le taquiner au sujet d'Armande qui se pomponnait un peu plus que ne le nécessitait l'épamprage des vignes, c'est à peine si André l'avait remarquée, tout à son souci de mener à bien les travaux qui se déroulaient au fil des saisons.

Pourtant, ce jour-là, il regarda Isabelle. C'était comme ça. Depuis dix ans que Marie-Anne était morte, toute une part de la vie s'était arrêtée en lui. Des ouvrières pimpantes, Dieu sait s'il en était venu ici, pendant ces dix années, sans qu'André leur accordât la moindre attention. Pourquoi Isabelle plutôt qu'une autre ? Il approchait de la soixantaine, et il sentait bien le ridicule qu'il pouvait y avoir à regarder ainsi une jeune femme qui devait avoir trente ans à peine.

Il détourna les yeux et n'y pensa plus de la journée.

Le lendemain matin pourtant, il fut déçu de ne pas voir arriver Isabelle avec les autres. Il la chercha dans le groupe tout en vidant les baquets dans le douil*, mais non, elle n'y était pas. Peut-être avait-elle pris du retard ? Elle allait arriver, sans doute... Mais la matinée se passa, et il l'attendit en vain. Il en fut si contrarié qu'il eut de la peine à manger à midi.

À deux heures, alors qu'il était déjà dans la vigne avec le tracteur, conduisant les premiers arrivés, il aperçut, au sommet de la côte, la 4L jaune dans laquelle il avait regardé Isabelle partir, la veille. Son cœur se mit à battre plus fort. Quand la voiture se trouva à son niveau, il vit la tête de la jeune femme se tourner brusquement vers lui. Elle avait rabattu sa chevelure sous une sorte de casquette de poulbot. Il crut entrevoir un sourire.

Elle s'engagea dans le rang le plus proche du tracteur. Ce petit bonhomme de femme tenait bien sa place au travail, le baquet toujours plein avant celui des autres. On aurait même dit qu'elle se dépêchait à le remplir pour le tendre à André qui le vidait dans le douil. À chaque fois, leurs doigts se frôlaient sans que ni l'un ni l'autre ne paraissent y prêter attention.

Le soir, le groupe des vendangeurs s'était dispersé, après avoir salué André qui vérifiait les lumières de l'attelage et la stabilité du chargement juste avant qu'Allal ne parte à la cave coopérative.

Au moment où il s'écartait du tracteur, il vit la 4L qui s'arrêtait près de lui. Isabelle n'avait pas voulu s'en aller sans lui expliquer son absence du matin : c'était pour sa mère, elle avait dû la porter avec sa voiture chez un rhumatologue à Agen. André répondit que ce n'était pas grave, mais que, dans la mesure du possible, il valait mieux l'avertir en cas d'absence. Isabelle avait attendu un moment avant de refermer la vitre : espérait-elle autre chose que ces mots convenus, prononcés peut-être avec trop de froideur ?

Cette nuit-là, André ne dormit pas. Malgré la fatigue et son bras douloureux à force de soulever les baquets de vendange, le visage d'Isabelle lui souriait dans la nuit. Il se souvint d'une ancienne chanson qui s'intitulait précisément « Isabelle ». Cet air lui trottait dans la tête en même temps que la frêle silhouette de la petite vendangeuse paraissait flotter dans l'ombre. Les paroles de la chanson, aussi, lui revenaient :

« Depuis longtemps mon cœur était à la retraite,
Et ne pensait jamais devoir se réveiller,
Mais au son de ta voix j'ai relevé la tête,
Isabelle, Isabelle... »

Tout cela remontait à plus de quatorze ans, maintenant. André a beau fouiller dans sa mémoire, il ne se souvient plus exactement au bout de combien de jours Isabelle était devenue sa maîtresse. C'est comme cela quand on vieillit, la mémoire. Elle égare même les souvenirs auxquels on tient le plus. Il croit bien que c'était le samedi suivant, ou celui de la semaine d'après, un soir d'octobre semblable à celui où il s'efforce à présent de rassembler tout ce puzzle dans sa tête. On n'avait pas vendangé, ce samedi-là : les grappes étaient saines, et il avait pensé que deux jours de plus leur apporteraient un supplément de maturité. Si le soleil y mettait de la bonne volonté, le moût gagnerait peut-être un degré. Philippe était parti à Agen dès le début de l'après-midi, très tôt après le repas : il devait fêter un anniversaire chez d'anciens camarades du lycée agricole, et il avait souhaité s'acheter quelques vêtements pour la soirée.

Presque aussitôt après son départ, la 4L jaune arriva dans la cour. Isabelle était venue demander une avance sur la paie. Elle lui expliqua sa situation conjugale, qui justifiait son besoin urgent de toucher son salaire de la semaine. Isabelle avait trente-trois ans : il inscrivit sa date de naissance sur la fiche de paie. André l'aurait crue plus jeune tant elle avait l'air d'un adolescent avec sa casquette qui dissimulait ses cheveux. Et puis, lorsqu'on approche de la soixantaine, tous ceux qui ont moins de quarante ans vous paraissent si jeunes.

Cela s'était fait tout simplement. En se relevant de sa chaise, il s'était trouvé tout près d'elle. Alors il l'avait prise dans ses bras, et l'avait serrée très fort, longuement, avant de l'embrasser. Elle n'avait pas paru surprise. Il avait bu à ses lèvres comme à une source. Un instant, le souvenir de Marie-Anne vint l'effleurer, mais la vie est trop avare de bonheurs pour qu'on ne saisisse pas ceux qui se présentent au hasard du chemin.

Dans les jours qui suivirent, jamais les vendanges ne lui avaient semblé aussi douces. Tous les soirs, quand venait l'heure de porter le dernier chargement à la cave coopérative, c'est lui qui se proposait de le conduire.

« Va te reposer, disait-il à Philippe. Et vous, Allal, vous pouvez rentrer chez vous. Cela me fait du bien de circuler le soir. »

Il savait qu'au retour, il prendrait le chemin des bois où l'attendait Isabelle. Sa peau douce était toute fraîche de la nuit qui tombait. André ne se lassait pas de caresser sa chevelure, d'enlacer ce jeune corps qui se donnait à lui.

« Te rends-tu compte, lui répétait-il, que j'ai vingt-six ans de plus que toi ? Cela ne te gêne pas ? »

Il connaissait la réponse, mais il la posait à chaque fois, rien que pour sentir la main d'Isabelle qui lui fermait la bouche, et pour entendre cette voix qui le rassurait en lui murmurant : « Tais-toi... »

Puis il rentrait à Bertranot, pestant après la cave coopérative « qui devrait ouvrir un quai supplémentaire, parce que décidément, le soir, on ne s'en sortait pas ».

André n'avait pas voulu qu'Isabelle vienne tailler la vigne après la Toussaint. La taille, ce n'était pas un travail de femmes. Aujourd'hui, il y a des compresseurs au bout du rang, attelés au tracteur, et il suffit d'une simple pression de la paume pour sectionner le bois. Mais à cette époque, c'étaient encore les outils traditionnels. Les sarments, bien nourris par la grave argileuse des coteaux, devenaient gros comme des goulots de bouteille, et même les hommes les plus rompus à la tâche attrapaient des ampoules aux mains à force d'appuyer sur les sécateurs.

Et puis Philippe aurait trouvé suspecte cette présence inhabituelle d'une femme parmi les tailleurs.

André l'embaucha donc quinze jours plus tard pour ôter des fils de fer les sarments retenus par leurs vrilles sèches et leurs nœuds de raphia. Pour que Philippe ne se doute de rien, Isabelle s'était entendue avec Adeline qui était allée le voir :

« Vous savez, lui avait-elle dit, je me fais vieille. Tirer ces gros sarments, moi toute seule, je n'y arriverai plus. Si vous voulez, Isabelle peut venir m'aider. »

Selon son habitude, Philippe avait haussé les épaules : oui, elle pouvait venir si cela lui chantait.

Et Isabelle était revenue dès le lundi suivant. André, Philippe et Allal taillaient en avant, courbés vers les ceps : André, sans doute à cause de son âge, était plus lent que les deux autres. Peut-être aussi parce qu'il avait gardé cette habitude de paysan d'autrefois de réfléchir quelques instants pour chercher la meilleure plie* à garder, choisir le sifflet* le plus solide et le mieux placé, celui qui donnerait les pampres les plus vigoureux quand reviendrait le printemps. Et puis il se retournait de temps en temps vers Isabelle : cela lui faisait de la peine de la voir s'atteler aux sarments comme une bête de somme, et tirer de toutes ses forces jusqu'à ce qu'elle les arrache à leur enchevêtrement, mais c'était son unique prétexte pour la garder, pas trop loin de lui, chaque jour.

Il s'arrangeait aussi pour la rencontrer, en tête à tête, le plus souvent possible. Il s'inventait des sorties, des réunions. Parfois, ils ne se retrouvaient ensemble que quelques minutes. Malgré la déchirure qu'il éprouvait au moment de se séparer d'elle, il se sentait pénétré d'un bonheur auquel il n'osait croire. Parfois, quand un rêve est trop beau, on s'accroche au sommeil de peur de s'éveiller. Le dormeur sent bien que c'est un rêve, et qu'il va finir dans quelques secondes, alors il lutte contre le réveil et se force à dormir encore.

« C'est un cadeau que me fait la vie », aimait-il à se répéter.

Le soir, avant d'aller se coucher, il sortait dans la cour et regardait les étoiles, comme s'il avait voulu leur dire sa reconnaissance.

XVI

Après une semaine de gelées, les pluies d'automne étaient arrivées vers la fin du mois de novembre. Pendant trois semaines, il avait plu presque chaque jour. À la vigne, les hommes et les femmes s'abritaient sous des imperméables à capuchons qui leur donnaient des silhouettes fantomatiques dans la grisaille. La source du Pichourlet, gonflée par les averses, coulait aussi gros que le bras d'un homme. Sur les pentes glaiseuses, l'eau dévalait et venait s'accumuler dans le bas-fond où la digue la retenait prisonnière. En janvier, le froid était revenu, mais la terre, gorgée comme un fruit mûr, continua de ruisseler. Vers la mi-février, l'herbe de la prairie fut totalement noyée sous une nappe jaunâtre que dépassaient çà et là les lames rigides des joncs. Le printemps pluvieux acheva de remplir la réserve.

André continuait à penser que le projet du champ de fraises était une idée bizarre, mais il avait fini par s'habituer à la présence de ce petit lac à une centaine de mètres de Bertranot. Le bulldozer avait tracé un large chemin pentu au milieu des acacias, permettant de se rendre sans peine jusqu'au bord du vallon immergé. L'argile, mise à nu par l'acier tranchant du Caterpillar, y était encore glissante, mais le soleil de juin la sécherait vite, et lorsque les « enfants » viendraient en juillet ce serait une promenade d'accéder au plan d'eau.

En attendant, André aimait à y flâner, surtout depuis qu'étaient survenues les premières chaleurs. Il se sentait bien dans la fraîcheur humide et verdoyante de cette combe. Pourtant les deux pentes des collines opposées, dont la surface de l'eau reflétait l'image, se hérissaient de rochers entre lesquels poussaient des charmes entrelacés, aux formes reptiliennes, étonnantes le jour, mais qui, la nuit, eussent peut-être été effrayantes.

Il y avait aussi amené Isabelle. Longtemps, ils avaient regardé en silence cet étrange miroir posé au milieu des bois. Cela lui rappelait cette époque de sa jeunesse où il allait à l'étang de la Lagüe avec Marie-Anne. La première fois qu'il était venu ici avec Isabelle, un après-midi de juin où Philippe était parti jusqu'au soir, il s'était assis à côté d'elle, sur les scolopendres humides qui tapissaient le haut de la rive. Il aurait aimé la voir se déshabiller devant cette eau fraîche. Elle le comprit sans qu'il eût osé le lui demander. Elle s'était dévêtue, posant ses habits sur un buisson de genêts, puis elle s'était avancée sur l'herbe vers la petite étendue d'eau peu profonde qu'André avait fait creuser, en marge de la réserve, pour que Marie puisse venir s'y baigner. Il s'émerveilla de cette impudeur de la jeunesse, contemplant cette naïade qui s'avançait lentement vers la rive. Elle avait mis un pied dans la flaque immobile que pas une ride ne plissait, mais l'ayant trouvée trop froide, elle était revenue s'allonger à côté de lui.

*

Luc et Françoise arrivèrent quelques jours plus tard que prévu : ils avaient été convoqués pour les oraux du baccalauréat, et les épreuves avaient duré jusqu'au 8 juillet. Le temps de préparer leurs bagages, ce n'est qu'à la veille du 14 juillet qu'André vit leur voiture, une 205 toute neuve, grimper la côte qui menait à Bertranot.

« Nous avons voulu te faire la surprise, dit Luc. Tu vois, c'est le dernier modèle de chez Peugeot. Nous avons mis du temps car elle est encore en rodage. »

— Eh oui, ajouta Françoise, c'est l'avantage d'avoir surveillé les travaux de la villa l'été dernier. En discutant pied à pied avec l'architecte et les artisans, nous avons pu gagner suffisamment sur le devis initial pour nous offrir cette voiture. »

Elle aurait pu dire aussi que c'était grâce à l'héritage de la grand-mère Alice qu'ils menaient grand train maintenant. Mais ce n'était pas le genre de

Françoise d'avouer de telles choses, et André ne songea pas même à s'en étonner, tant il était heureux de retrouver Marie qui avait grandi encore depuis la dernière fois. Elle portait toujours ses petites couettes qui accentuaient son air malicieux, et, comme d'habitude, Françoise l'avait habillée à la façon d'une princesse. André les complimenta l'une et l'autre.

« D'ici deux ans, j'aurai beaucoup plus de temps pour m'occuper d'elle, dit alors Françoise : à la fin de l'année prochaine, je passe l'agrégation. Dès que je l'aurai obtenue, cela me fera trois heures de cours en moins par semaine. Cette année, j'ai suivi les cours du CNED pour "la préparation à la préparation", si j'ose dire. Enfin quoi, pour me remettre à niveau. Car la fac, c'est déjà bien loin. Et si vous saviez comme on s'encroûte à enseigner à des élèves du secondaire aujourd'hui ! Donc, à la rentrée, c'est du sérieux. Je vais d'ailleurs profiter des grandes vacances, et en particulier de notre séjour ici, pour me mettre en avance et lire les œuvres du programme. »

Marie babillait, racontait ses premiers émois d'écolière. Elle savait lire maintenant, et elle attrapa le journal pour montrer à son grand-père son savoir tout neuf.

André leur proposa d'aller au village assister à la retraite aux flambeaux qu'animait la fanfare municipale. Marie se mit à applaudir et poussa des cris de joie.

« Non, nous ne sortons pas, déclara Françoise. La route a été longue, et nous avons besoin de repos. Et puis, avec ces huit jours d'oraux, nous sommes plus fatigués que si nous avions défriché dix hectares à la pioche.

— Je peux y amener Marie, si vous voulez », proposa aussitôt André, que cette comparaison avait amusé sans le convaincre.

La petite exulta :

« Oh oui, grand-père, super, je viens avec toi ! »

La réponse de Françoise cingla comme un coup de lanière :

« Pas question. Il est déjà neuf heures, et tu devrais être au lit. Nous ne voulons absolument pas qu'elle se couche tard. Même pour la Noël et le 31 décembre, nous la couchons à huit heures. C'est un principe. »

Elle avait prononcé cela d'un ton qui n'admettait pas la réplique, détachant les quatre dernières syllabes qui avaient crépité aussi sèchement que des grêlons sur un toit. Luc avait acquiescé.

Dès le lendemain, André les avait amenés au lac de Philippe. Luc eut un peu de peine en voyant noyée cette prairie solitaire où il venait rêver pendant son adolescence. Mais il fut obligé de reconnaître la beauté de ce plan d'eau insolite, si curieusement encaissé entre les deux collines.

« En tout cas, dit-il, ce petit recoin pour la baignade, c'est une idée de génie. D'ici deux ou trois ans, avec le salaire d'agrégée que touchera

Françoise, nous pourrons nous payer une piscine sur le terrain de la villa. Ce n'est pas la place qui nous manque, et nous avons bien fait d'acheter aussi le terrain d'à côté avec l'argent de grand-mère Alice. »

Tout de suite, la petite s'était baignée, barbotant parmi les herbes encore vivantes qui se dressaient au-dessus de la terre amollie. Luc et Françoise avaient trouvé l'eau trop froide, mais ils s'étaient étendus sur la rive, ravis de prendre le soleil à l'abri des regards.

André s'était éclipsé, assurant ne pas vouloir les déranger davantage. Il est vrai qu'il trouvait l'eau trop froide lui aussi, mais surtout il était impatient de rejoindre Isabelle qui l'attendait dans la grande palombière de la Canteloube où ils avaient pris l'habitude de se retrouver. Dès le printemps, lorsque les jours avaient allongé, ne leur permettant plus, comme au temps des soirées d'hiver, de dissimuler leurs rendez-vous dans l'ombre, ils étaient venus se réfugier ici, dans ce havre de solitude. André ne chassait pas, mais cette palombière était installée sur une de ses parcelles de pins. Longtemps il avait aimé y retrouver, au moment du passage, un vieux chasseur de Port-Sainte-Marie qui « occupait le poste » depuis 1932. Tout enfant, André allait déjà le voir, rien que pour le plaisir de déambuler dans le labyrinthe des couloirs ; puis il y était revenu adulte, quelques jours par an, au moment de la Saint-Luc, quand les vols traversent le ciel en rangs serrés. Il éprouvait du bonheur à converser avec ce vieillard truculent qui lui racontait des histoires sans fin sur l'époque homérique des palombières, au temps où il attrapait jusqu'à cinquante volatiles dans les filets.

« C'est ta grand-mère qui était contente : avec les palombes que je lui apportais, elle pouvait nourrir ses vendangeurs ! » proclamait-il avec fierté.

Bien au-delà de la soixantaine, le vieil homme grimpait encore à la cime des pins pour rectifier l'emplacement des raquettes ou dégager une branche qui gênait les regards depuis la cabane. Et cela, sans les échelles d'aluminium qu'utilisent les chasseurs d'aujourd'hui, mais sur un espérat* d'acacia qu'il avait dû bricoler au début de sa carrière de chasseur, et au-delà duquel il chaussait de grosses griffes de métal.

Puis, quand l'approche de ses quatre-vingts ans le fit renoncer aux contraintes quotidiennes de sa palombière – celles des appeaux à nourrir, à hisser le matin sur les arbres, à redescendre à la nuit tombée, des pins à élaguer au début de chaque saison, des couloirs dont il faut inlassablement consolider la carcasse et tresser les cloisons de bruyères sans cesse renouvelées –, il céda la place à Jeannot, un jeune chasseur pour lequel André avait éprouvé aussitôt de la sympathie. Non que ce fût un redoutable limier, mais c'était un génie de l'invention : Jeannot bricolait des supports d'appeaux que faisaient basculer de petits moteurs d'essuie-glace reliés à une batterie ; ou bien il plaçait les palombes sur des plates-formes pivotantes qui tournoyaient autour des cimes, tendait d'un arbre à l'autre des filins sur lesquels, propulsés par une secousse électrique, des pigeons jouaient les équilibristes. À la vérité, ces systèmes n'étaient pas toujours fiables : la vitesse des rotations s'accélérait parfois de façon imprévisible, et les pauvres ramiers devaient se cramponner à leur ancrage, tête baissée, comme des enfants sur les bolides des foires ; ou bien c'était le pigeon qui perdait l'équilibre et pendait au-dessous du filin en battant des coups d'aile si désespérés qu'ils mettaient en fuite les vols qui s'approchaient des arbres. Mais André se divertissait de tout cela, et il ne se lassait pas d'écouter le jeune homme lui faire part de ses inventions nouvelles qu'aucun échec ne parvenait à décourager.

Tout cela le changeait un peu du silence de ses repas quotidiens. À la maison, Philippe ne parlait pas, ou bien il se lançait dans de longues tirades exaltées, tantôt prônant la nécessité d'agrandir le domaine, tantôt estimant au contraire qu'il fallait le vendre avant que les prix de la terre ne s'effondrent. À la palombière, André savourait des moments de sérénité qu'il ne connaissait plus autrement depuis la mort de Marie-Anne. Une sérénité qu'il avait retrouvée à présent auprès d'Isabelle.

« Peut-être n'est-elle pas totalement désintéressée dans l'amour qu'elle me témoigne ? se disait-il parfois. Elle est seule, elle n'a pas de ressources, et elle a son fils à élever. La maison de Bertranot, les terres, les bois, tout cela ne l'a peut-être pas laissée indifférente. »

Peut-être. Pourtant, jolie comme elle était, Isabelle n'avait pas dû manquer de prétendants, moins vieux que lui, qui avaient dû se mettre sur les rangs. Un soir où il allait se coucher, alors qu'il traversait le couloir qui conduit de la cuisine à l'escalier, il s'arrêta devant la vieille glace au cadre doré dont les moulures s'effritaient sous l'effet de l'humidité : il s'aperçut effectivement que sa jeunesse, autant que celle du miroir, était bien lointaine. Qu'était devenu, sous ces traits alourdis, le bel adolescent d'autrefois, devant qui s'extasiait un couple de retraités dans le village ? C'était un ancien sous-préfet qui s'était retiré juste en face de l'église, avec son épouse, dans une maison dont le style curieusement tarabiscoté contrastait avec les humbles demeures environnantes.

« Restez avec nous un moment, André, lui disaient-ils, afin que nous admirions votre beauté. »

Le jeune homme était surpris de ce sans-gêne : à la campagne, ce sont des choses que les paysans n'auraient pas osé dire. Avec des mots du moins, car le regard des filles le lui disait cependant. Et lorsqu'il se revoit sur d'anciennes photos, avec une casquette blanche et des pantalons de golf, il doit reconnaître que ces hommages n'étaient pas dénués de fondement. Les anciens films de Pagnol qui repassaient à la télévision lui rappelaient ces mots de Marie-Anne, au temps de leurs fiançailles :

« Tu ressembles à Pierre Fresnay ! »

Oui, c'est vrai, les images du film et celles des photos présentaient effectivement quelque similitude, mais tout cela était bien loin, et si la silhouette demeurait svelte, les contours du visage s'étaient creusés de sillons comme une terre que la pluie trop forte a ravinée. Ses cheveux, qu'il avait continué à peigner en arrière, avaient blanchi, et s'étaient raréfiés. L'image que lui renvoyait le miroir n'était plus celle d'un jeune premier de cinéma, même si l'allure, tant s'en faut, n'avait pas perdu tout son charme.

Étaient-ce ces restes d'une beauté lointaine qui lui avaient permis de séduire, à son âge encore, une toute jeune femme ? Isabelle appréciait sans doute sa tendresse, les attentions particulières qu'ont les hommes plus âgés pour les femmes plus jeunes. Peu lui importait après tout. C'était vraiment un cadeau que la vie lui avait fait, comme il aimait à se le dire depuis le début de leur liaison.

*

Marie avait rapporté à son grand-père un bouquet d'iris sauvages, qui, à l'ombre des vergnes, avaient attendu l'été pour fleurir.

« Oh, grand-père, c'était super ! J'aime cette eau qui ne pique pas les yeux. À la mer, ou dans les piscines, j'ai les yeux qui me brûlent. Il faudra qu'on revienne l'an prochain, tu sais ! Tiens, tu pourras mettre ces fleurs sur la table : des iris jaunes, c'est drôle, je ne savais même pas que ça existait. »

Ces quinze jours où « les jeunes » étaient restés à Bertranot, André aurait pu les compter parmi les plus heureux de sa vie. Parce qu'ils étaient là. Parce qu'il avait Isabelle. Il lui fallait sans doute remonter aux premières années de son mariage, quand les enfants étaient encore petits, pour retrouver des heures aussi lumineuses.

Mais à table, les repas tournaient souvent au drame. Marie se fût contentée d'une ration de moineau : quelques fruits picorés, un biscuit de temps en temps, une tranche de pain grignotée entre les repas. Et quand arrivait l'heure du dîner ou du souper, elle n'avait jamais faim. Françoise ne l'admettait pas, et la forçait à manger. L'atmosphère du repas dégénérait, finissait par une paire de gifles, et Marie quittait la table en pleurant.

André souffrait de cette violence. Autrefois, Luc non plus n'avait pas été un gros mangeur. À sept ans, un petit garçon pâle avait pris la place du bébé joufflu qui se gavait de bouillies de Maïzena. Jusqu'à son adolescence, il préférait, à l'heure qui lui convenait, ouvrir le buffet, saucer quelques bouchées de pain dans le jus d'un reste de poulet. Il n'y avait pas de quoi en faire une tragédie.

Un soir où Marie avait pleuré si fort que, dans son lit, de lourds sanglots saccadés continuaient à l'agiter, André s'était approché d'elle, bouleversé par sa détresse, et l'avait serrée dans ses bras. De ses lèvres tremblantes, elle avait prononcé des mots dont il se souvenait encore aujourd'hui :

« J'aurais tant aimé avoir une maman comme les autres, une maman qui sache me caresser. »

Il aurait pu s'établir un lien profond entre le grand-père et la petite fille, mais quel lien peut se nouer entre deux êtres qui ne se voient que quelques jours par an ? Pourtant, cette complicité d'un instant l'avait durablement marqué.

Marie aurait voulu monter sur le tracteur avec son grand-père, mais cela aussi, Françoise l'avait défendu. Elle avait certes raison d'être prudente. Malgré sa rudesse, c'était une mère attentive. André savait bien que les accidents à la campagne n'étaient pas rares et que des enfants s'étaient fait écraser, dans des fermes, en essayant d'approcher ces monstres bruyants qui les fascinaient. En aucun cas il n'aurait accepté, lui non plus, que Marie monte sur un tracteur avec Philippe qui les conduisait avec une adresse extrême, mais sans précautions. À deux reprises déjà il avait frôlé la catastrophe dans les pentes : la première fois, un printemps où il se dépêchait de traiter les pampres fragiles que menaçait le mildiou, il avait glissé sur plusieurs mètres avec le gros atomiseur qui poussait le Ferguson de tout son poids ; heureusement, un solide piquet de vigne avait retenu la machine et l'avait empêchée d'aller s'écraser au bas du talus. Une seconde fois, c'était la remorque chargée de douils qui avait dérapé dans un fossé profond à la sortie d'un virage, entraînant le tracteur avec elle. Au dernier moment, l'engin s'était cabré, puis il s'était calé contre le timon, ce qui l'avait empêché de faire la culbute sur ses roues arrière. Et puis il y avait eu ce jour, plus lointain, où l'attelage avait dévalé la pente pendant qu'ils ramassaient des pêches.

Bien sûr, ce type d'accident était toujours possible, mais André savait trop le prix des choses pour ne pas être méticuleux avec le matériel. Le prix de la vie aussi, il le connaissait bien. C'est pourquoi il aurait conduit la petite avec prudence, seulement pour quelques tours devant la maison, mais ne voulant pas heurter Françoise, il n'avait pas insisté.

Comme elles étaient vite passées, ces deux semaines ! André revoit la voiture qui démarre dans la cour, puis qui s'éloigne, tandis que le visage de Marie, collé contre la vitre arrière, lui lance un dernier regard.

De quelles déchirures avait été le témoin cette allée qui part de Bertranot, et dont un virage brusque anéantit d'un seul coup l'image de ceux qui s'en vont ! C'est là que sa grand-mère Octavie regardait s'éloigner la carriole dans laquelle un domestique emportait son petit-fils, pour de longs mois de séparation, vers le collège. C'est là qu'elle avait suivi ses pas lorsqu'il se rendit à la gare où le train devait l'emmener vers les Chantiers de jeunesse. Plus tard, il y avait vu Camille et les siens, avec leur chargement d'exode, quitter Bertranot. L'allée avait aussi porté le deuil des ormes qui la bordaient autrefois : ils avaient ombragé, ou préservé de la pluie, ses retours d'école, et ceux de Luc et de Philippe, avant que la maladie terrible, qui détruisit l'espèce, les fasse rouiller un lendemain de la Saint-Jean, agoniser pendant deux ou trois années encore, et périr misérablement sans qu'il pût rien faire pour les sauver.

Et puis ce jour-là, peu de temps après la mort des ormes, c'était le regard de Marie s'éloignant de Bertranot, et sa petite main qu'il aperçut juste au moment où la voiture disparaissait dans le virage.

XVII

André se souvient qu'il avait attendu avec fièvre les prochaines vendanges. Philippe avait paru soulagé du départ de son frère et de sa belle-sœur. À peine sembla-t-il regretter Marie qui, toutes les fois qu'elle pouvait s'échapper de la maison, suivait pourtant ses va-et-vient autour de la ferme, comme elle suivait ceux d'Allal ou d'André, aussi avide de compagnie que Luc autrefois recherchait la solitude. Mais André, lui, ressentit cette séparation aussi douloureusement qu'une blessure, et la présence d'Isabelle lui parut plus vitale encore qu'avant le début de l'été. Cependant, avec les vendanges qui allaient commencer dans quelques semaines, il verrait de nouveau Isabelle toute la journée. Leurs rencontres presque quotidiennes lui paraissaient tellement courtes : un quart d'heure, une demi-heure ; parfois, mais si rarement, un après-midi entier. Il sentait bien qu'il n'aurait qu'un mot à lui dire pour qu'elle vienne s'installer à Bertranot, mais comment en parler à Philippe, ce garçon tellement irritable, sans risquer de le froisser ? À son âge, on pense qu'à soixante ans la vie est finie, et qu'on n'a plus le droit d'aimer sans être ridicule. C'était d'autant plus difficile que Philippe, malgré ses vingt-huit ans, ne semblait pas vouloir renoncer au célibat. Ce qui était bon pour lui devait l'être aussi pour son père. Il était évident qu'avec son caractère difficile, il aurait eu du mal à supporter une femme qui eût été sa propre épouse : à plus forte raison une femme amenée par son père.

Et les vendanges étaient passées, avec leur cortège mêlé de rires et de soucis. De nouveau l'hiver était revenu : ils avaient recommencé la taille ; Isabelle et Adeline se remirent à tirer les sarments. Chaque jour André espérait saisir un moment qui lui permettrait de parler à Philippe. Mais à midi ou le soir, quand ils étaient ensemble, en tête à tête, le courage lui manquait. Le reste de la journée, c'était plus difficile encore. En ce moment d'ailleurs, Philippe était d'une susceptibilité particulièrement agressive : l'autre jour, il avait fait sortir de la vigne un vieil homme qui glanait des sarments :

« C'est chez moi, ici ! Est-ce que je viens chez vous, moi ? »

Toujours la même rengaine.

André avait été choqué. Les sarments de vigne, c'est comme les champignons ou les châtaignes dans les bois : jamais dans la famille on n'avait empêché qui que ce soit de venir les ramasser.

Alors, le voyant sans cesse sur des braises, André continuait d'hésiter. Jamais il ne trouvait un moment suffisamment favorable à l'aveu qu'il voulait lui faire.

De son côté, sans qu'elle l'eût dit clairement à André, Isabelle commençait à souffrir de cette situation bancale qui menaçait de durer. À quoi rimaient, au bout d'un an, ces rencontres furtives de collégiens coupables, ces après-midi où ils se cachaient comme des voleurs à l'abri d'une cabane ? Surtout qu'au moment des palombes, ils avaient dû trouver un autre refuge, plus éloigné : l'ancienne ferme du Basta, depuis longtemps abandonnée et à moitié démolie. Ils finissaient par se sentir honteux, l'un et l'autre, de ces rendez-vous illicites. Pour lui, chaque fois qu'ils devaient se séparer, la déchirure devenait de plus en plus douloureuse : c'était une part de son propre corps qui s'arrachait. Une sensation de pinces qui lui mordait la poitrine. Il eût tellement aimé garder Isabelle avec lui. Dormir auprès d'elle surtout. S'endormir en la tenant serrée dans ses bras. Se réveiller en sentant son souffle sur son épaule. Tout cela pendant de longues heures, sans être obligé toujours de regarder sa montre, de mesurer sans cesse ses moments de bonheur. Une nuit si longue qu'elle n'aurait pas de fin. Toute une nuit à sentir la peau de son corps collée contre la sienne, à respirer l'odeur de ses cheveux.

Cette nuit qu'il voulait passer avec elle finit par le hanter jusque dans son sommeil. Il fallait pour cela qu'il parte avec elle, ne serait-ce que deux jours, quelque part, vers un lieu peut-être qui la ferait rêver. Deux jours seulement.

Mais pouvait-il s'absenter sans éveiller les soupçons de Philippe ? Cela lui paraissait presque impossible, et son projet lui semblait tellement irréalisable qu'il n'osait même pas en parler à Isabelle. Que ferait-elle de son petit garçon, d'ailleurs, pendant leur escapade ?

Il continua quand même à réfléchir chaque jour, espérant que surgirait enfin un prétexte plausible. Un congrès d'agriculteurs ? Un banquet du côté de Bagnères pour la génération des Chantiers de jeunesse ? Une réunion des anciens élèves d'Ondes ? Il pourrait alléguer l'éloignement qui l'obligerait à ne pas rentrer le soir même. Mais jusque-là, il avait toujours décliné toutes les invitations de ce genre. Comment Philippe croirait-il à cette envie soudaine de retrouver ses camarades d'autrefois, perdus de vue depuis plus de quarante ans ? Il croirait encore moins à cette histoire de congrès d'agriculteurs. Existait-il seulement des congrès d'agriculteurs ? Quand il en eût existé, Philippe savait trop que son père, même s'il fréquentait davantage les réunions depuis quelque temps, avait toujours fui les rassemblements solennels, et tout ce qui pouvait y ressembler.

Et tout l'hiver il se tortura ainsi sans parvenir à trouver une solution qui le satisfasse.

C'est l'arrivée d'un télégramme, au début d'un après-midi, juste au moment où il partait à la vigne avec Adeline, qui lui fournit l'occasion qu'il n'espérait plus :

« Maria Cardouat morte. Obsèques demain trois heures. »

À peine éprouva-t-il quelques instants de chagrin en apprenant le décès de cette pauvre vieille qui l'avait nourri autrefois (« *Qu'ei jou que t'ey saubat la vita !* »), mais la joie, l'immense joie qui le submergea fut si forte qu'elle engloutit aussitôt sa tristesse. Le prétexte qu'il cherchait depuis des semaines et des semaines, il le tenait enfin. Le village de Maria Cardouat était suffisamment éloigné de Bertranot pour qu'il puisse, sans éveiller de doute, ne rentrer que le lendemain.

« Tu comprends, dit-il à Philippe, il y aura toute sa famille, et notamment Gabriel, qui est mon frère de lait puisqu'elle l'a nourri en même temps que moi. Je ne pourrai pas m'en aller tout de suite après l'enterrement, il faudra que je reste un peu avec eux. Alors ce sera le soir, et tu sais que je n'aime pas conduire la nuit. »

Il s'arrêta soudain : la crainte le prit que Philippe lui propose de l'accompagner pour ne pas lui laisser faire seul la route. Heureusement Philippe, à ce moment-là, était trop occupé avec les premiers sulfatages, et d'ailleurs l'idée ne parut pas l'effleurer.

Il approuva totalement son père dans la décision qu'il venait de prendre.

« Oui, tu as raison. Il vaut mieux que tu dormes là-bas. Ils te proposeront bien une chambre. Sinon tu trouveras facilement un hôtel dans les parages. »

Philippe ne s'était douté de rien. André exultait. La petite étoile qui s'était mise en berne dans sa tête pendant toutes ces semaines se mit à briller de nouveau. Il lui fallut pourtant attendre tout l'après-midi avant d'en parler à Isabelle : elle n'était pas venue à la vigne car c'était un mercredi, et elle avait demandé à rester chez elle ce jour-là pour garder son fils. Ce n'était qu'à six heures qu'ils avaient fixé leur rendez-vous à la palombière. André devait attendre encore près de quatre heures. Quatre heures précieuses au cours desquelles Isabelle aurait pu s'organiser, chercher quelqu'un à qui confier son petit garçon pendant son absence. Les rangs de vigne lui parurent infiniment longs. Le temps, dont il maudissait toujours la brièveté quand il était auprès d'elle, semblait se figer. Les aiguilles de sa montre musardaient sur le cadran. Il avait l'impression qu'elles le narguaient, à flâner ainsi.

Lorsqu'elles atteignirent enfin les six heures, il prit la voiture, prétextant l'achat de chenilles* pour les sécateurs. Ainsi qu'il en avait pris l'habitude, il tourna au premier carrefour et revint vers la palombière où Isabelle l'attendait.

Elle prit l'air émerveillé d'un enfant au matin de Noël quand il lui annonça son projet d'escapade. Son petit garçon ? Mais pourquoi donc André s'était-il inquiété et n'avait-il pas vu ce qui était évident ? Elle le confierait à sa mère pendant ces deux jours.

« Oui mais, ta mère, comment comptes-tu lui expliquer ton absence ? »

Isabelle lui avoua qu'elle avait déjà mis sa mère dans la confidence :

« Il avait bien fallu, tu comprends ? Plusieurs fois, quand il nous est arrivé de rester ensemble toute une demi-journée, c'est elle qui m'a gardé le petit. »

Il fut convenu qu'elle mettrait sa voiture à l'abri des regards dans le garage de la palombière aménagé par Jeannot, et qu'ils partiraient le plus tôt possible après leur repas de midi.

*

Ce fut un petit voyage de noces. Il fallait deux heures pour se rendre jusqu'à Castets, mais André prit du plaisir à traîner sur la route, comme si la lenteur du trajet lui permettait d'allonger le temps.

Ils arrivèrent devant la pauvre maison de Maria Cardouat en même temps que le corbillard. André traversa le balet* où séchait sur un fil de fer tendu entre les poutres verticales un de ces petits tabliers noirs qu'elle avait toujours portés. Il eut tout juste le temps de saluer Gabriel, son frère de lait, qu'il n'avait pas revu depuis plus de dix ans, et les deux sœurs, Esilda et Gilberte, qu'il eut de la peine à reconnaître. Leur mère n'avait pas souffert : elle venait de ramener son linge du lavoir, elle s'était assise devant la cheminée, et elle s'était endormie là, sur sa chaise. La mort l'avait prise dans son sommeil. Peut-être un coup de froid au contact de l'eau. C'était le moment de la levée du corps, quelques voisins saluaient la famille : ce remue-ménage permit à André de ne pas présenter Isabelle, ni de donner des explications embarrassantes. Ils s'éclipsèrent après avoir jeté une poignée de sable dans la tombe creusée à même le sol.

Plus tard, André se reprocha de ne pas avoir été plus ému pendant l'enterrement de cette pauvre vieille.

« Qu'ei jou que t'ey saubat la vita ! »

Ses paroles lui revinrent comme un reproche. Et puis Maria Cardouat avait été sans doute la dernière personne, avec lui, qui eût connu ses parents vivants. En même temps que la Nounou, c'étaient ses parents à lui qui étaient morts davantage encore.

Pourtant, au moment de la cérémonie, André n'avait eu qu'une idée en tête : reprendre la route et filer vers Capbreton. Aller vers la mer. Voir la mer avec Isabelle. Dormir avec elle dans une chambre d'où ils contempleraient l'étendue sans fin de l'océan dont la respiration lourde viendrait les bercer.

À Capbreton, il ne leur fut pas difficile de trouver ce qu'ils cherchaient : hors saison, les stations balnéaires sont vides, surtout en semaine. C'était déjà le soir quand ils arrivèrent.

Leur balcon donnait directement sur la plage. Un chalutier qui rentrait vers le port avait allumé ses lumières dansantes : leur scintillement semait des lampions sur son sillage. À peine le clapotement grave du moteur parvenait-il à se distinguer de la rumeur des vagues. Ils se tenaient appuyés contre la balustrade métallique lorsqu'un vent frais traversa la plage, s'engouffra dans la niche du balcon et vint cogner sur les vitres de la porte-fenêtre. André serra Isabelle plus fort contre son épaule.

En quelques instants, la traînée incandescente de l'horizon se rétrécit, puis dessina un coquelicot pourpre qui disparut presque aussitôt, comme si une main surgie de la mer l'avait cueilli.

Alors la nuit tomba d'un seul coup.

« Déjà... » murmura Isabelle.

À cette seconde, il se souvint du frisson de ses enfants, autrefois, quand il leur lisait *La Chèvre de M. Seguin* : « Tout à coup le vent fraîchit, la montagne devint violette, c'était le soir. » En écoutant ces mots, les petits tressaillaient comme venait de le faire Isabelle.

Un frisson le parcourut aussi. Pourtant il n'en était que plus près du moment où il se blottirait près d'elle dans le lit, mais il souhaitait retarder cette heure le plus longtemps possible. Il savait trop que les meilleures choses se mettent à finir dès l'instant où elles ont commencé.

Aussi s'attardèrent-ils dans la salle de l'auberge, située au rez-de-chaussée de leur hôtel. Un décor rustique y avait été reconstitué, avec des chevrons irréguliers et noircis, une large cheminée de brique surmontée d'une poutre mal équarrie, et une horloge comtoise dont le balancier de cuivre renvoyait l'éclat d'un lampadaire, tantôt sur un mur, tantôt sur un autre, avec la régularité d'un phare sur un port.

Seule une autre table était occupée, mais cinq ou six couples s'y trouvaient réunis : ils avaient l'air de fêter quelque anniversaire. On leur avait apporté des bougies sur des ceps de vigne transformés en chandeliers. Leur lumière mutine parvenait jusqu'à la table d'Isabelle et d'André si bien que leur petit souper participait ainsi à la fête qui se célébrait à côté d'eux. Au moment de boire le champagne, deux des convives se retournèrent vers Isabelle et André, et levèrent leur coupe en souriant. Isabelle et André, souriant à leur tour, tendirent leur verre en signe de connivence. Ils se sentaient enveloppés d'un indicible bien-être.

André se réveilla plusieurs fois dans la nuit. Assez tôt d'abord, un peu avant minuit, puis bien plus tard, vers les cinq heures, et enfin juste avant l'aube. À chaque fois il s'efforça de ne pas se rendormir tout de suite afin que la nuit lui paraisse plus longue, mais la fatigue était la plus forte et le sommeil le reprenait. À chacun de ses moments de veille, il allumait la lampe de chevet, regardait le visage d'Isabelle, sentait son souffle et le frôlement de ses cheveux contre son épaule, puis retournant son poignet, scrutait le cadran de sa montre avec l'angoisse qui le prenait autrefois, quand il était collégien, et qu'à la fin du mois d'août commençait le compte à rebours.

C'est vers cinq heures qu'un dard puissant traversa les persiennes, et le fit sursauter : les premières lueurs de l'aube ! Mais il s'aperçut vite que le jet de lumière s'était localisé entre deux lattes du volet. Ni en dessus ni en dessous, il n'y avait rien. Ce n'était qu'un rayon de lune qui avait glissé au ras de la mer et dont la pointe avait filtré jusqu'à lui.

Toutes les fois qu'il avait rêvé de cette nuit, depuis des mois, aussi improbable qu'elle lui parût, il s'en était préparé toutes les joies. Surtout celle de s'éveiller avant l'heure, et de savourer ainsi la tiédeur douillette de ces moments. Mais après le rayon de lune, aucune autre lumière ne vint interrompre son sommeil. Tournée vers l'ouest, à demi obstruée par les persiennes, la porte-fenêtre ne reçut que tamisées les premières clartés de l'aube, et même celles de la montée lente du soleil.

André croit que ce sont les cris des goélands qui furent son chant de l'alouette et l'éveillèrent. Mais c'était peut-être aussi la retombée pesante des vagues. Le grondement de la marée montante.

Il se dirigea vers le balcon. La houle, soulevée par le vent, s'écrasait sur le sable en dentelles mousseuses.

Ils descendirent jusqu'à la plage et marchèrent un moment le long de l'écume qui venait mourir à leurs pieds. André n'était pas retourné ici depuis au moins vingt ans, du temps de Marie-Anne, quand Luc et Philippe étaient petits. Il s'accroupit, ainsi qu'il le faisait autrefois, pour écrire avec l'index sur le sable mouillé : il y traça les huit lettres du nom d'Isabelle, mais une vague plus forte que les autres aussitôt les effaça.

Déjà, c'était moins le bonheur d'être ensemble, loin de chez eux, à l'abri du jugement des autres, qui les emplissait, mais l'idée taraudante qu'approchait la fin de leur escapade.

Quand ils reprirent la route, en longeant le port, André ralentit pour regarder les voiliers qui se balançaient en pivotant au bout de leur mouillage. L'ondulation de leur tangage, le déhanchement voluptueux du roulis, une voile qui se dépliait lentement au sommet d'un mât, lui parurent une invitation à des voyages lointains. Et si, au carrefour qui mène à la nationale, au lieu de prendre la direction du retour, il bifurquait vers le sud, vers l'Espagne où il espérait partir autrefois avec Marie-Anne ? Et s'il partait maintenant avec Isabelle, peut-être pour ne jamais revenir, et rester éternellement près d'elle ?

Il mesura aussitôt sa folie : Philippe, le petit garçon d'Isabelle, Bertranot... On ne rompt pas si facilement les amarres. Plus encore que ces bateaux, il était ancré à un port dont il sentait bien qu'il ne partirait jamais.

XVIII

Après leur retour, l'existence avait repris son cours, ce déroulement de bonheurs trop brefs et de longues frustrations.

Un jour, quelques mots, dont il avait deviné le sens, échappèrent à Isabelle :

« Tu sais, André, on ne vit qu'une fois... »

Il avait bien compris le message : qu'était-ce que cette vie, où ils seraient condamnés à ne se voir qu'entre parenthèses ? Jamais sans doute ils n'éprouveraient autant de bonheur à vivre ensemble que maintenant. Et cette main que la vie lui tendait, il ne la saisissait pas.

Parfois, elle se voyait vieillir :

« Dans cinq ans, j'aurai quarante ans. Si tu te lasses de notre amour, plus personne alors ne voudra de moi. »

Il l'avait assurée que dans cinq ans, elle serait toujours aussi belle, et qu'il continuerait à l'aimer tout autant. C'était bien une idée de jeune de penser que la vie et la beauté s'arrêtent avec la jeunesse.

« Oui mais toi, avec ton fils, tu ne voudras jamais que nous vivions ensemble. »

Ces paroles, et surtout sa voix douloureuse, l'avaient bouleversé. Bien sûr qu'il redoutait la réaction de Philippe, et c'est bien pour cela qu'il hésitait tellement à lui en parler. Chaque fois qu'il devait se séparer d'elle, après leurs brèves rencontres, cette pensée l'obsédait. Il avait d'abord songé à partir habiter avec elle dans la ferme d'Alice et de Marcel, qu'occupaient des locataires. Mais des scrupules avaient vrillé sa conscience : cette maison était celle de Marie-Anne, elle y avait passé son enfance et sa jeunesse, et il aurait été mal de venir s'installer ici avec une autre femme.

D'ailleurs lui-même n'aurait quitté Bertranot qu'avec trop de peine : tant de souvenirs l'attachaient à ces murs, à ces toits, et jusqu'au moindre recoin de la vieille bâtisse. Comment se résoudre, quand on touche à l'orée de sa vieillesse, à quitter une maison que l'on a toujours habitée ? Au moment où l'envie folle l'avait pris, à Capbreton, de partir avec Isabelle en Espagne, ou plus loin encore, et pour toujours peut-être, l'attachement à Bertranot avait été le plus fort.

Alors une idée s'était mise à germer dans ce bourbier d'hésitations. Il proposerait à Isabelle de venir s'installer dans l'ancien logement de domestiques inoccupé depuis que Camille était parti. Avec une cuisine, une salle à manger et deux chambres, elle aurait assez de place pour y vivre avec son fils.

André suggérerait à Philippe de l'engager comme ouvrière permanente : elle s'occuperait aussi du linge, du repassage, et du ménage dans la maison. Pour le moment, c'était Jacotte, une voisine, qui en acceptait la charge. Mais cet arrangement avec elle n'allait pas sans incommodités : il fallait lui porter le linge sale, revenir le chercher quelques jours après. En outre, Jacotte était journalière elle-même et travaillait aux champs dans une autre ferme de la commune : aussi n'avait-elle pas toujours le temps de s'en occuper tout de suite, et ils se trouvaient parfois à court de sous-vêtements ou de serviettes de toilette. Philippe, qui avait l'esprit pratique, se laisserait sans doute séduire par cette proposition si elle lui était présentée de cette manière.

Évidemment, pour André, c'était surtout un prétexte, cette histoire de ménage et de linge, le temps d'habituer Philippe à la présence d'Isabelle. Puis il le mettrait au fait de la situation, et il irait habiter avec elle dans le petit logement, afin de ne pas lui imposer la présence d'Isabelle sous le même toit. Les quelques mètres qui séparent les deux bâtiments garantiraient leur indépendance. D'ailleurs, lorsque Philippe se verrait seul, peut-être se déciderait-il à prendre une compagne, lui aussi ? Les grands bâtiments de Bertranot, sa hantise quand il était jeune et qu'il lui fallait refaire ces immenses toitures, permettraient bien de loger les deux familles sans excessive promiscuité.

Un après-midi, André était entré dans le logement devenu désert depuis que Camille était parti. Il y avait, dans la pièce principale, une imposante cheminée qui occupait tout un mur à elle seule. Tandis que son regard examinait l'espace, et qu'il calculait une organisation possible du mobilier, un rayon de soleil franchit soudain la fenêtre et vint percuter la cloison la plus reculée. La lumière rebondit sur le blanc jauni de la chaux et illumina les solives comme l'aurait fait, du plafond, une lampe allumée. L'âtre sombre à son tour s'éclaira. Par la porte ouverte, un courant d'air vint s'engouffrer : les toiles d'araignée ondulèrent sous le souffle, étincelèrent au faisceau lumineux. On aurait dit que la pièce s'était garnie de voiles de tulle, de tentures dorées et de rideaux flamboyants. Puis le rayon se déplaça, buta sur un croisillon de bois de la fenêtre, et filtra de nouveau à travers une vitre. L'ombre et la lumière s'agitaient dans la pièce, dessinant des silhouettes mouvantes qui allaient et venaient. Il semblait à André qu'il aurait suffi d'un rien pour qu'elles se mettent à lui parler tant la vie s'était soudain installée dans ce lieu abandonné.

« C'est la vie qui m'appelle », se dit-il à mi-voix.

Il dut fermer les yeux et les rouvrir afin de dissiper l'illusion, comme on ouvre sa bouche pour faire cesser un bourdonnement d'oreilles.

André se voyait installé ici avec Isabelle, passant sa vieillesse auprès de cette femme plus jeune et si pleine d'attentions pour lui. Ce serait même une garantie qu'il ne finirait pas ses jours dans une de ces horribles maisons de retraite où l'on reléguait les vieux désormais. Un peu égoïstement, il s'imagina vivant dans ces lieux, cajolé par elle, jusqu'à la fin de son existence.

Tout l'hiver, il y avait songé. Plusieurs fois, il était revenu dans le logement, échafaudant des plans de rénovation. Avec Isabelle, ils occuperaient la chambre dont la fenêtre ouvrait sur le nord, et laisseraient au petit garçon celle qui prenait le soleil. Tant pis s'ils y avaient un peu plus froid : ce n'était pas le bois qui manquait autour de Bertranot, et avec un bon poêle, ils seraient suffisamment chauffés ! La salle à manger était sans doute austère avec ses solives de chêne noueux que nul plafond de plâtre ou de lambris n'avaient jamais recouvertes : mais c'était justement la mode des intérieurs rustiques, et avec un bon coup de lessive, un peu de vernis sur le bois, le logement ne manquerait pas de charme.

Les cloisons étaient bâties en colombages. André s'en était aperçu quand le logement avait été refait pour Camille et que les maçons avaient piqué l'ancien crépi délabré. Cette partie du bâtiment était en effet la plus ancienne de Bertranot : il y a deux ou trois siècles, ses ancêtres avaient d'abord habité là, dans ce qui n'était plus maintenant que les dépendances de cette vaste ferme. Ce n'est que plus tard, après s'être enrichis, qu'ils avaient fait construire le grand bâtiment central. Lorsqu'André disait autrefois au petit Luc que la « maison n'avait jamais été neuve », il pensait à cela aussi, à ces aménagements successifs au long des temps. Ces vieux colombages, soigneusement décapés et mis en valeur, donneraient un cachet supplémentaire au logement. Cela ressemblerait un peu à la salle d'auberge où ils avaient soupé lors de leur fugue à Capbreton.

Un jour, il avait confié son projet à Isabelle. Elle avait ouvert de grands yeux étonnés, puis elle l'avait pris dans ses bras et un long rire d'enfant heureux avait éclairé son visage.

Mais les semaines passaient, et André hésitait encore avant de parler à Philippe de son projet. Philippe était d'ailleurs trop occupé à surveiller de près la plantation de fraises qui devait donner sa première récolte au printemps. L'installation de la pompe, au bord de la réserve, lui avait pris plusieurs jours. Il avait dû aménager un espace à la bêche de façon à pouvoir la placer sur une petite plate-forme et la caler sans qu'elle risque de glisser au fond de l'eau. Puis il avait ajusté, les uns au bout des autres, les longs tuyaux de tôle zinguée, jusqu'au champ de fraisiers. L'été dernier, il s'y était pris trop tard. Le séjour de son frère et de sa belle-sœur l'avaient retardé, maugréait-il. Aussi, au moment d'arroser les jeunes plants, au mois d'août, il avait dû prendre l'eau de la commune.

« Les vacances, c'est bon pour les fonctionnaires, avait-il lancé à son père dans un accès d'agacement. Pour nous, ça n'apporte que des ennuis. »

À la fin du mois de mars, André avait trouvé Isabelle toute triste. C'était le jour de ses trente-cinq ans. Elle voyait la vie passer, et André ne s'était toujours pas résolu à parler à Philippe. Il tentait de la faire patienter en lui décrivant le logement où il comptait l'installer, et où il irait la rejoindre définitivement quelques mois plus tard.

Mais les mois s'étaient succédé encore sans qu'André se soit décidé à la moindre démarche auprès de son fils. Pourtant, ce jour-là, il trouva Isabelle si triste qu'il lui promit d'exposer son projet à Philippe dès le lendemain.

*

Philippe avait tout préparé pour lancer l'arrosage. Il ne lui restait plus qu'à mener le vieux Ferguson au bord de la réserve, et les sprinklers pourraient lancer le soir même leurs feux d'artifice de jets d'eau. Cette perspective l'avait mis de bonne humeur pendant tout le repas de midi :

« Tu te souviens, papa, quand la femme de Camille les appelait "les espringlères" ? »

Et il éclata de rire à ce souvenir lointain.

Le moment parut favorable à André :

« Au ramassage des fraises, tu pourras embaucher Isabelle. Elle est vaillante et elle a l'habitude de ce travail. Tous les ans elle en fait la cueillette dans la plaine. »

Philippe ne dit pas non, mais André ne s'aperçut pas que son rire s'était figé. Une eau prise par la glace.

« Et même, pour qu'elle puisse attaquer plus tôt le matin, nous pourrions l'installer dans l'ancien logement de Camille... »

À ces mots, Philippe s'était levé, blême :

« C'est ça, tu veux amener ta pute à la maison, maintenant ? N'y compte pas. Je te préviens, si tu la fais venir ici, c'est moi qui fous le camp ! »

La voix était rageuse, pleine de haine. Un chien méchant à qui un intrus veut ôter sa gamelle.

Il était sorti comme un fou en claquant la porte.

Quelques instants après, André entendit rugir le moteur du vieux Ferguson, et il avait vu sa masse rouge soulever des gerbes de gravier en traversant la cour, puis disparaître dans le chemin qui conduit à la source.

Atterré, André n'avait pu bouger de sa chaise pendant de longues minutes. Tous les projets qu'il venait d'assembler depuis six mois s'étaient écroulés en quelques secondes. Il resta figé au bord de la table. À travers la fenêtre, il voyait le logement de domestiques dans lequel il aurait pu vivre avec Isabelle. Comment lui annoncerait-il la nouvelle, maintenant ? Surtout, quelle serait sa réaction lorsqu'elle verrait s'anéantir ce qui avait été, semaine après semaine, leur rêve à tous les deux ?

Continuerait-elle à rester indéfiniment la maîtresse d'un homme plus âgé, qu'elle ne rencontrait qu'un peu chaque jour, même pas tous les jours d'ailleurs, et qui ne lui proposerait aucun avenir ?

« Ta pute… »

Ainsi, Philippe savait qu'Isabelle était la maîtresse de son père. Quand, et comment l'avait-il appris ? Depuis un an et demi, jamais il n'y avait fait la moindre allusion. Certes, le lendemain de l'escapade à Capbreton, Philippe s'était étonné qu'Isabelle ne se soit pas rendue au travail le jeudi ni le vendredi :

« Pendant que tu étais à l'enterrement de la Nounou, Isabelle se l'est coulée douce. Qu'elle garde son mioche le mercredi, je le comprends, mais elle n'est venue travailler ni hier ni avant-hier. Trois jours d'absence dans la semaine, ça commence à bien faire ! »

André avait frémi alors de leur imprudence. C'était évident que l'absence d'Isabelle, en même temps que la sienne, avait éveillé des soupçons. Dans la fébrilité qui s'était emparée d'eux, ils avaient négligé ce détail.

Mais à part cette remarque, rien n'avait changé en apparence dans l'attitude de Philippe : ni plus aimable, ni moins aimable, toujours aussi taciturne. Pas un instant il n'avait laissé paraître qu'il se doutait de quelque chose.

Tout le début de l'après-midi, des avalanches d'idées confuses se bousculèrent dans la tête d'André. Puis il se mit à penser qu'il allait retrouver Philippe à table, le soir, et qu'il vaudrait mieux le voir avant, pour tenter de dédramatiser la situation. Philippe était parti depuis plus d'une heure maintenant, et il n'était pas encore revenu.

« Il a dû aller brancher l'arrosage », se dit André.

Peut-être avait-il eu des difficultés au moment d'atteler la pompe au tracteur ? Peut-être avait-il besoin d'un coup de main ? Alors il saurait gré à son père d'être venu l'aider.

André descendit le chemin qui mène à la réserve, mais quand il arriva au niveau des roches qui la surplombent, il ne vit rien. Le tracteur n'était pas là, et Philippe non plus.

« J'ai dû me tromper, pensa André. Il a certainement filé vers les bois. »

Sans doute Philippe, afin de calmer sa fureur, avait-il décidé d'aller chercher les cannes de bûches qu'on leur avait préparées pour l'hiver : depuis des années, c'était Étienne, un charpentier à la retraite, qui leur faisait le chêne « à moitié », selon l'ancienne coutume. Ces cannes de bois, soigneusement entassées, se trouvaient proches d'un chemin fréquenté : elles risquaient de tenter les promeneurs peu scrupuleux. En tout cas, elles gêneraient les engins de débroussaillage qu'ils avaient commandés. Depuis plusieurs jours déjà, ils devaient les ramener au bûcher de la maison. C'est là que Philippe avait dû se rendre.

André remonta jusqu'à Bertranot et se dirigea vers le hangar devant lequel Philippe était forcément passé en sortant de la cour. Il ne l'avait pas vu s'y arrêter, mais André était tellement troublé au moment de cette terrible scène que cela lui avait peut-être échappé.

Il entra dans le bâtiment, scruta l'ombre jusqu'au fond : la remorque était toujours là. Ce n'était donc pas le bois que Philippe était allé chercher.

Parfois, quand ses colères le prenaient, il lui arrivait de partir de longues heures en voiture : il parcourait les routes les unes après les autres, et revenait apaisé. Peut-être avait-il agi de même avec le tracteur ? Il devait errer dans la forêt en attendant que sa fureur lui passe.

André s'occupa comme il le put pendant le reste de l'après-midi. Vers sept heures, le soir commençait à tomber, et Philippe n'était toujours pas là. André mit le couvert, sortit quelques œufs du réfrigérateur pour faire une omelette, puis attendit encore. Une grosse lune ronde et rougeâtre se levait au-dessus des arbres. Il faisait nuit maintenant. Peut-être après sa longue course dans la forêt, Philippe s'était-il décidé à revenir à la réserve afin d'y installer la pompe ? Mais comment pouvait-il y voir, sans lumière, malgré ce clair de lune ?

Il prit alors une lampe électrique et décida de redescendre au plan d'eau. Les branches d'acacia le griffaient à son passage. Plusieurs fois il manqua de glisser sur l'herbe visqueuse. Les troncs des vieux charmes se contorsionnaient sous l'effet de la lumière mouvante.

André s'approcha de l'eau, vit la petite esplanade creusée à la bêche, mais la pompe n'était plus là.

Philippe était-il parti réellement comme il l'en avait menacé dans sa fureur ? Mais alors, pourquoi aurait-il emporté cette pompe avec lui ?

André allait s'en aller, quand un reflet tremblant à la surface du lac attira son regard. Il fixa les yeux davantage. À travers les ondulations, des formes semblaient se mouvoir. Cela lui parut comme dans ces contes où les profondeurs des lacs sont habitées d'une vie étrange. Et soudain, au fond de l'eau, éclairée par les rayons de la lune, une silhouette hallucinante se dessina : celle du tracteur rouge qui faisait une grosse tache de sang, et, agrippé au volant, Philippe, dont la chevelure flottait au-dessus de sa tête.

André se demanda un instant si son cerveau n'était pas le jouet de quelque fantasmagorie. Horrifié par cette vision, il fit quelques pas en arrière, éclaira le sol avec la lampe électrique, et vit ce qu'il aurait dû voir depuis le début de l'après-midi : la trace des pneus sur le rivage, la glaise arrachée. Dans sa course folle, le tracteur avait dévalé la pente, glissé sur l'herbe, emporté la pompe, et s'était immobilisé au fond du lac.

XIX

Il jeta un coup d'œil à la pendule : cela faisait bien deux heures qu'il dormait ainsi, le corps penché sur la table, la tête reposant sur ses bras croisés. Combien de fois après l'accident il s'était réveillé la nuit, croyant avoir fait un mauvais rêve ! Mais ce n'était pas un mauvais rêve : l'horrible vision était toujours là. Il avait cru en perdre la raison.

Maintenant encore, à demi éveillé, il vient d'espérer un instant que tout cela n'a eu d'existence que dans le délire de ses songes. Mais la maison vide autour de lui, son éternel silence, le ramènent à la réalité. Il préfère aller dehors, revoir sa vigne qui bientôt, elle aussi, sortira de sa vie et s'ensevelira dans le long engourdissement de l'hiver.

Voilà plus de douze ans que Philippe est mort, dans des circonstances dont André, chaque jour, a passé et repassé le film dans sa tête. Il avait pensé, parfois, qu'il s'agissait peut-être d'un suicide. Philippe paraissait si peu aimer la vie qui lui avait été donnée que l'hypothèse n'était pas absurde. Mais non, ce n'était pas cela. Lancé trop vite, le tracteur avait glissé sur la glaise dans la dernière partie de la pente sans que Philippe ait pu rien faire pour l'arrêter. Étourdi par le choc, saisi par l'eau froide, retenu à son siège par des lianes arrachées au passage, il était resté accroché au volant, et s'était noyé. C'était stupide, comme le sont tous les accidents, mais c'était ainsi,

André lève les yeux, regarde au-delà du village le cimetière dont les cyprès se dressent à flanc de coteau. Presque tous ceux qui ont compté dans sa vie s'y trouvent désormais : son père, sa mère, sa grand-mère, ses beaux-parents, Marie-Anne, Philippe, morts, morts ! Et tant d'autres êtres chers l'avaient quitté depuis… Quand on avance en âge, la vie devient une route que jalonnent les tombeaux. Ricou, son ami d'enfance, était mort l'année précédente, d'un infarctus qui l'avait surpris alors qu'il dormait dans son fauteuil. Et Paul, son compagnon de jeunesse avec lequel il fréquentait les bals de la région avant de rencontrer Marie-Anne : en quelques secondes, lui aussi. Paul avait voulu changer un appeau de place, sur un pin élevé de sa palombière. L'échelle s'était soudain enfoncée d'un côté dans le sable et l'avait déséquilibré. C'est sa femme qui l'avait retrouvé, le soir, disloqué après sa chute. Pour aucun des deux, on ne pouvait parler vraiment de mort prématurée. Ce n'était pas comme celle de Philippe ou de tous ces jeunes qui se tuent avec leur voiture ou leur moto. Quand un homme atteint les soixante-dix ans, il doit bien se faire à l'idée prochaine de son départ. Mais tant de vieux aujourd'hui devenaient octogénaires qu'André avait eu le sentiment douloureux qu'ils s'en allaient avant la fin du banquet.

Il était donc désormais un vieil homme solitaire, lui-même à l'extrême limite de la tombe où l'attendaient la plupart de ceux qui avaient eu leur place dans son existence. Son père, sa mère, sa grand-mère ne subsistaient plus que par le souvenir qu'il gardait d'eux. Quand les hommes ont perdu la certitude d'un improbable au-delà, ils doivent se contenter de la mémoire de ceux qui leur survivent. Tant qu'André serait là, et qu'il continuerait jusqu'au bout de ses forces à garder leur image, ceux-ci ne mourraient pas tout à fait. Mais quand il partirait les rejoindre, qui donc se souviendrait d'eux, et lui-même, dans quelle mémoire survivrait-il quelque temps de plus ? Luc habitait depuis trop longtemps loin de Bertranot pour que le souvenir de son père demeure suffisamment vivace dans son esprit. Quant aux autres, les voisins, les parents éloignés, ils oublient si vite...

André n'avait plus jamais revu Isabelle. Après l'accident, elle avait quitté la région. Il avait appris par Adeline qu'elle était repartie à Bordeaux. Peut-être s'était-elle réconciliée avec son mari ? André ne savait pas. Elle avait dû penser que Philippe mort serait désormais entre eux un mur plus solide encore que s'il eût été vivant. Aurait-elle pu venir habiter dans cette maison qu'un fantôme n'aurait cessé de hanter ? Avec cette intuition des femmes, elle avait certainement deviné qu'il y avait un lien entre l'accident et le projet de son installation à Bertranot. Elle avait préféré s'en aller, petite fée venue illuminer la vie d'André pendant dix-huit mois, et disparue comme dans un conte qui aurait mal fini.

L'été qui suivit le drame, Luc, Françoise et Marie étaient restés quelques jours de plus que les années précédentes. Luc avait insisté auprès de Françoise pour qu'ils prolongent leur séjour à Bertranot, tant il avait vu son père anéanti. Françoise avait accepté, d'autant plus facilement que ses parents, alors en cure à Plombières, n'avaient pu assister aux obsèques de Philippe. Elle avait senti que Luc s'en était froissé. Sans doute avait-elle mesuré aussi ce que leur absence pouvait avoir eu de choquant, dans ce petit village où tous les habitants, sans exception, et tous les cousins d'André, les plus proches comme les plus éloignés, s'étaient trouvés réunis dans l'église, derrière le cercueil que les camarades d'enfance de Philippe avaient porté jusqu'au bout de la nef. Elle avait donc consenti qu'ils demeurent deux semaines entières à Bertranot. Mais André avait paru ne pas même s'apercevoir de leur présence. À peine parvenait-il à écouter les paroles de Marie qui essayait de le distraire en lui racontant ses aventures d'écolière.

L'avait-il vue, seulement, quand, profitant du désarroi de la maison et de ce que sa mère était plongée dans ses livres, elle était grimpée sur le Ferguson qu'on avait ramené sous le hangar, et dont il ne parvenait pas lui-même à s'approcher, comme s'il était porteur d'un maléfice ? Pourtant Marie, à qui l'on n'avait pas raconté les circonstances exactes de l'accident, était restée une bonne part de l'après-midi sur le siège du tracteur, manœuvrant le volant, appuyant sur les pédales, tirant sur toutes les manettes.

À la fin juillet, ils étaient repartis à Salvetat, peut-être au moment où André commençait à goûter quelque douceur à leur compagnie. Le lendemain de leur départ, il mesura toute la tragédie de sa solitude. Il était étranger à tout ce qui se passait autour de lui. Allal dut se débrouiller seul, tant bien que mal, des soins de la vigne. Heureusement, au printemps pluvieux avait succédé un été sec, et rares furent les averses qui entraînèrent des sulfatages. Le tracteur qui allait et venait dans la cour pour rentrer du bois, ranger une remorque, atteler et dételer le gyrobroyeur, il en percevait le bruit régulier comme ces rumeurs diffuses qu'on entend dans les songes.

Mais le jour du 15 août, le silence qui s'était abattu autour de la maison faillit le rendre fou. Il n'y avait plus dans la cour ni à travers les vignes le moindre écho d'un moteur, pas un signe de vie. Avec la canicule, même les oiseaux s'étaient tus.

Seule la plainte enrouée des cigales apportait une touche sonore à ce paysage qui paraissait à l'agonie.

Ce devait être au début de l'après-midi qu'il prit sa voiture et partit pour Bordeaux.

Isabelle. Son image lui était soudain apparue. Si forte qu'il avait cru la sentir tout près de lui. Il eut le désir insensé de la revoir. L'idée lui vint que, s'il allait là-bas, il la reverrait. Elle se trouverait à un moment ou un autre sur son passage. Devant une boutique, ou au coin d'une rue.

Les cent kilomètres d'autoroute, il les parcourut dans un état de demi-conscience. La forêt du Mas, les anciens séchoirs à tabac délabrés des environs de Grignols, les vignes du Sauternais, tout défila comme dans un film dont l'image s'est enrayée.

Il arriva dans un Bordeaux étouffant et désert. Sur l'esplanade des Quinconces, en bordure de laquelle il gara sa voiture, seuls quelques flâneurs se rafraîchissaient auprès des jets d'eau du monument des Girondins. Il remonta les rues qui mènent aux allées de Tourny, passa devant le Grand-Théâtre sans le regarder, puis se dirigea vers le cours de l'Intendance où déambulaient des promeneurs épars. Ses yeux scrutaient les rues perpendiculaires, fouillaient les embrasures des portes, se levaient vers les fenêtres. Il descendit vers la cathédrale Saint-André : un instant, il pensa y entrer, pour s'asseoir, apaiser son corps d'un peu de fraîcheur. Il y espérait aussi un possible apaisement pour son âme. Mais après avoir hésité quelques secondes, il voulut continuer, chercher encore. Il se retrouva dans la rue Sainte-Catherine, si hagard qu'il bouscula des passants.

« Hé, le papy ! Tu as trop bu, ou quoi ? » lui lança, goguenard, un garçon au crâne rasé. Ses compagnons s'esclaffèrent.

André s'enfuit, sans se retourner, puis s'engouffra dans une ruelle qui descendait vers le port. En arrivant sur la place du Parlement, il vit des couples installés sous des parasols. Des serveurs, pressés, en chemisette blanche, apportaient des glaces, distribuaient des boissons. Il se fraya un passage entre les chaises, épiant les visages.

Soudain il s'arrêta, figé. À la dernière terrasse, il aperçut, à demi dissimulée par le dossier de son siège, la silhouette d'une jeune femme, seule, qui lui tournait le dos. Il reconnut la chevelure, le cou gracile, la main qui se tendit vers le verre :

« Isabelle ! »

Il appela encore :

« Isabelle ! »

Il avait crié si fort, cette fois, que la jeune femme s'était retournée.

L'inconnue écarquilla des yeux étonnés, regarda autour d'elle, dévisagea l'homme qui venait de l'interpeller en prononçant un nom qui n'était pas le sien.

André baissa la tête, le cœur prêt à se rompre, et se remit à marcher d'un pas de somnambule dans les ruelles que la chaleur empuantissait. Il s'adossa un moment contre un mur lépreux où des graffitis obscènes avaient été dessinés.

Quand il eut repris son souffle, il avança encore, tournant au hasard d'un carrefour, accélérant peu à peu son allure. Il croisa quelques hommes qui détournaient leur regard en passant près de lui. D'autres, au contraire, le fixaient avec un sourire étrange, qui se voulait complice d'une chose qu'André ne parvenait pas à deviner.

Au moment où il passait devant une ancienne porte cochère barricadée de planches, il sentit une main qui agrippait son coude. Comme il marchait d'un pas rapide, cet ancrage imprévu lui fit faire un quart de tour sur lui-même.

« Va pas si vite, papy, reste un peu avec moi. »

Plus que la femme rousse et au visage outrageusement fardé qu'il vit alors, ce fut ce mot de « papy » qui le frappa. Cela faisait deux fois en un quart d'heure qu'il l'entendait. Fallait-il qu'il eût vieilli depuis ces dernières semaines pour que ceux qu'il rencontrait ne voient désormais en lui qu'un vieillard ! Elle n'était pas jeune pourtant, elle non plus, cette courtisane des bas-fonds dont le fard ne parvenait pas à masquer les rides. Avec la chaleur, le noir qui encerclait ses yeux fondait sur l'épaisseur des cernes. Une sorte de boléro mauve laissait découvrir une poitrine striée de vergetures. Sa minuscule jupe de cuir peinait à contenir ses hanches trop fortes hissées sur de longues jambes lasses.

André reprit sa marche sans répondre. Mais, en relevant la tête, il vit d'autres femmes dans la ruelle : certaines se tenaient appuyées contre des renfoncements de porte, d'autres étaient assises sur des marches. Quelques-unes exhibaient leur corps presque entièrement dénudé. Elles étaient de tous les âges : des vieilles accroupies, fatiguées, carnavalesques ; d'autres toutes jeunes, avec des bras enlaidis par des taches bleuâtres. Deux hommes, qui venaient d'être accostés, parlementaient avec une grande fille blonde qui faisait balancer son sac à main en laissant fuser des éclats de rire dont l'écho cassait le silence morne de la rue. André continua d'avancer dans ce cloaque, prêt à défaillir, harcelé par des voix qui lui proposaient leur misère :

« Tu viens, chéri ? Tu montes avec moi ? »

Peut-être parce qu'elle ne lui avait rien demandé, à moins que ce fût à cause de sa fatigue, il s'arrêta de lui-même devant une fille au regard triste. Elle n'avait pas le même aspect caricatural que les autres, ses vêtements et le fard de son visage étaient moins provocants. Il ne lui trouva pas cet air d'effronterie, cette vulgarité qu'arborait l'ensemble de ce troupeau pitoyable. Un instant, il fut tenté. Qu'avait-il à perdre, après tout ? Pourquoi ne pas s'accorder un moment de douceur, une halte dans sa détresse ?

Ce fut la voix éraillée de la fille qui le dissuada, ou l'annonce crue de ses prestations tarifées. Ou bien l'image d'Isabelle qui s'était soudain superposée à la silhouette qui se dandinait devant lui. À moins que ce fût de la honte à la pensée de son deuil.

Il s'enfuit à nouveau, s'enfonça dans le dédale du vieux quartier sordide, tout à coup effrayé par l'idée de s'égarer dans un labyrinthe dont il ne parviendrait pas à trouver l'issue. Mais soudain, l'espace s'élargit devant lui : il fut tout étonné de voir un vaste monument qui se dressait au-delà d'une large avenue. De profil, il ne le reconnut pas tout de suite. Il fit quelques pas encore : c'était le Grand-Théâtre. Jamais il ne se serait cru si près de la sortie de cet abîme. Juste à côté du quartier huppé, il y avait donc cette fange où venaient s'enliser tous les désespoirs de la ville.

En quelques minutes, il se retrouva sur l'esplanade des Quinconces et reprit sa voiture.

L'air du soir s'était rafraîchi. Il préféra ne pas rentrer par l'autoroute et flâner par la départementale sinueuse qui passe par Auros et Casteljaloux, celle qu'il empruntait autrefois quand il se rendait aux grandes foires d'automne où se côtoyaient les étals des ferrailleurs, les boutiques des camelots, et les baraques des saltimbanques. Il laissa la vitre ouverte. Les parfums de résine qui s'exhalaient des pinèdes, les scieries aux senteurs âcres des planches fraîchement débitées, l'apaisèrent peu à peu.

Comment avait-il été assez fou pour espérer revoir Isabelle dans cette ville ? Était-il sûr même qu'elle s'y trouve ? Adeline n'avait pu le lui affirmer avec certitude. Et la ville était si grande. Et puis, un 15 août, elle était peut-être partie, avec son fils, au bord de la mer, comme tant d'autres.

Sans doute, au cours des semaines qui avaient suivi l'accident, Isabelle aurait dû lui faire signe, écrire un mot. Mais André n'avait pas su lui en vouloir. À peine arrivait-il à se culpabiliser lui-même de ce terrible malheur. Au cours de n'importe laquelle de ses colères, lorsqu'il partait en voiture et qu'il roulait comme un bolide pendant des heures, Philippe aurait pu tout aussi bien se tuer un autre jour sur la route, contre un arbre.

C'est du moins la pensée qui le rassurait un peu lorsqu'il s'éveillait, la nuit, dressé sur son lit, le corps dégoulinant de sueurs glacées, pendant les premières semaines qui avaient suivi l'accident.

« Philippe n'était pas fait pour la vie », se disait-il alors, en espérant que cette pensée l'aiderait à se rendormir.

Quelle avait pu être la cause du mal-être de ce garçon, à compter du jour où il était revenu, après son service militaire, à Bertranot ? Taciturne, un peu sauvage, il l'avait toujours été, même enfant lorsqu'il préférait se cacher sous un hangar ou derrière une cuve plutôt que de saluer un visiteur. Farouche aussi, dès ses premiers pas, quand l'épicier ou un domestique s'avisaient de railler ses boucles blondes.

André songe aux paroles que son fils lui avait dites un jour : « Si j'avais passé mon BTS, j'aurais pu être œnologue dans une cave. » Mais ni Marie-Anne, ni André ne l'en avaient empêché. La question même ne s'était jamais posée. Sans doute Philippe avait-il deviné que son père comptait sur lui pour prendre sa suite, à Bertranot, surtout après la mort de Marie-Anne ? Peut-être avait-il éprouvé, comme André autrefois, une sorte de devoir de retourner ici ? Peut-être même avait-il entendu lui aussi l'appel que lui lançaient au-delà de la tombe toutes les générations qui s'étaient succédé à Bertranot ?

Puis il en avait voulu à son père, à tout le monde, et à la terre entière de s'être senti piégé dans une vie qu'il n'avait pas vraiment choisie. Ces filles qu'il abandonnait au bout de quelques semaines, parfois même après quelques jours, c'était certainement aussi parce qu'il leur faisait payer sa rancœur.

André a beau fouiller sa mémoire, il ne trouve pas un mot, pas un début de conversation qui ait laissé deviner chez l'adolescent qu'il avait alors rêvé d'autre chose. Philippe n'avait que dix-sept ans quand sa mère était morte, et André se rappelle combien son fils avait été meurtri, révolté par ce malheur. Plus encore que Luc peut-être, qui finissait ses études à ce moment-là, et que sa vie appelait ailleurs, déjà. Au cours de cet été douloureux,

Philippe s'était comporté, malgré son jeune âge, comme un vrai chef d'exploitation. À la façon dont il maniait les machines et dirigeait les hommes, nul n'eût pu dire qu'il n'avait pas la terre dans le sang. Sa rudesse même paraissait un gage de réussite pour son avenir.

Mais c'était plus tard, au retour de son service militaire, que son caractère s'était à ce point durci. Pourtant, André l'excusait encore lorsqu'il songeait à cette longue hérédité d'ancêtres terriens, peut-être des métayers pauvres au commencement, qui s'étaient battus contre le sort, la grêle, les gelées, pour devenir de tout petits propriétaires. Et ils avaient agrandi leur bien, génération après génération, misère après misère, avant que Bertranot ne devienne ce qu'il était maintenant. Leurs souffrances lointaines, oubliées, resurgissaient en Philippe dans ses violences soudaines, imprévisibles, inexplicables. Son retour à Bertranot les avait exacerbées.

« J'aurais dû me rendre compte de ce qui se passait en lui. Philippe attendait que ce soit moi qui le libère de ce devoir qui lui pesait ; que je lui dise : pars si tu veux. J'avais cru que ta vie, c'était ici, à Bertranot, mais si tu veux partir ailleurs, c'est toi qui choisis. »

Les mots d'Isabelle revenaient à l'esprit d'André : « On ne vit qu'une fois. »

Cela, Philippe se l'était dit, sans doute, lui aussi.

Il serait parti alors, œnologue ou directeur d'une coopérative agricole. Ou bien il aurait parcouru le monde comme il en rêvait. Bien sûr, André se serait retrouvé seul. Mais seul, il l'avait été de toute façon avec la mort de Philippe. Et il l'était encore plus maintenant, et la lignée de tous ceux qui avaient vécu et travaillé la terre de Bertranot s'arrêterait avec lui.

Après l'accident, André avait continué d'exploiter la propriété avec Allal, sachant qu'il n'y aurait plus personne, plus jamais personne de sa famille, après lui. Seuls des voisins, étrangers à la famille, reprendraient la terre que ses aïeux avaient cultivée pendant des siècles.

Tant d'autres, d'ailleurs, se trouvaient dans la même situation que lui. Leurs fils étaient partis à la ville, ouvriers, facteurs, gendarmes, fonctionnaires dans des bureaux, et ils n'avaient pas eu de successeurs, eux non plus. Souvent, sur les routes, dans les champs, André apercevait de vieux paysans sur leur tracteur, s'obstinant à la tâche bien au-delà de la soixantaine, et souvent même après soixante-dix ans. Il en avait vu hier encore, des vieux qui menaient, comme lui, leur vendange à la cave coopérative, continuant leur vie de paysan parce qu'ils savent qu'ils sont les derniers et qu'il n'y aura plus personne après eux. Alors, malgré leurs cheveux blancs, ils attellent toujours la herse ou la remorque, anachroniques sur leurs machines, fantômes encore vivants d'un monde paysan devenu moribond.

« L'avenir est à la ville et à l'industrie », lui avait affirmé il y a plus de vingt-cinq ans le père de Françoise. Déjà là-bas, les forêts de sapins avaient envahi les prairies des montagnes, comme aujourd'hui ces hordes de peupliers déferlent sur les meilleures terres de la plaine.

Oui, c'est bien le monde paysan tout entier qui agonise, et qu'on laisse mourir sans se douter que la fin de toutes choses en découlera peut-être un jour. Une France sans paysans ! Les extraterrestres de Bruxelles en rêvaient déjà au début des années soixante.

« Moins les paysans seront nombreux, plus les campagnes seront prospères ! » claironnait alors un certain Mansholt. Celui-là, se rappelle André, les paysans l'auraient brûlé tout vif s'il leur était tombé sous la main. Qu'adviendra-t-il de cette société où la ruralité sera morte ? Dans le passé, après chaque séisme de l'histoire, c'est sur la paysannerie, et grâce à elle, que la société a pu se reconstruire. Parce que la race* paysanne était comme les animaux sauvages, d'autant plus solides qu'ils sont habitués à vivre de peu, et à s'en contenter. Une race accoutumée aux caprices du ciel et du sol, façonnée par la misère, burinée par les épreuves, mais aussi renforcée par elles. Au lendemain des guerres de 70 et de 14, c'est sur les fondations du monde paysan que l'édifice social avait pu se reconstruire. Pendant le dernier conflit mondial, si le pays survécut, c'est parce que de nombreux citadins trouvèrent un refuge dans des campagnes vivantes, et que, la paix rétablie, une paysannerie encore forte put servir d'assise à un élan nouveau. Que sera désormais ce monde fragile, privé de sa terre, coupé de ses racines, à la merci d'un embargo, d'un blocus, dont l'histoire, même récente, a tant de fois donné l'exemple ?

André avait été comme tous ces vieux paysans qui paraissaient ne pas vouloir quitter leur tracteur. Il était allé jusqu'au bout de ses forces : tous les matins il se levait à l'aube, donnait les directives à Allal qui arrivait. Il lui mesurait les doses des produits de sulfatage pendant que l'atomiseur se remplissait. L'hiver, il l'aidait à atteler le compresseur au moment de la taille, et souvent il l'accompagnait, continuait à couper les sarments avec lui. Au moment des vendanges, c'était désormais la machine à vendanger qui accomplissait l'essentiel du travail, mais avec Allal, ils se relayaient pour porter les lourdes bennes à la cave coopérative. Les douils de vergne, qui avaient représenté un progrès si considérable quand ils avaient pris la place des anciennes comportes, avaient été remplacés à leur tour par des bennes métalliques auto-basculantes. On n'avait conservé que quelques-uns de ces cuviers, pour les terrains trop pentus, ou en cas de récolte manuelle. Ainsi André avait tenu, cette année encore, à vendanger les meilleures parcelles à la main, selon la mode d'autrefois : peut-être moins en raison du prix supérieur donné par la cave que parce qu'il répugnait à cette méthode du tout-venant, du vite fait. Avec des ciseaux, on peut élaguer les grappes défectueuses, éliminer les grains rosés ou fendus qui donnent un goût aigre au suc précieux. Il aimait aussi se retrouver au milieu des vendangeurs, sentir de près cette présence humaine qui lui rappelait des moments heureux de son existence, et qui l'empêchait de se retrouver dans l'âpre solitude dont ses jours étaient faits depuis l'accident de Philippe. Cependant, pas plus que les années précédentes, il n'avait eu le cœur d'organiser l'escoubessol*. Après la mort de Marie-Anne, malgré son chagrin, il en avait maintenu la tradition, parce qu'il était jeune encore, et que, malgré tout, la vie devait continuer, ne serait-ce que pour Philippe. Mais quand, à son tour, Philippe s'en était allé, il n'y avait plus eu d'escoubessol à Bertranot : André s'était contenté, à la fin de la récolte, de donner une étrenne à ses vendangeurs pour les dédommager.

Depuis douze ans il avait mené cette vie comme on marche dans un tunnel au bout duquel il n'y a pas d'issue.

Pouvait-il se consoler en se disant qu'il était à l'image de la paysannerie tout entière, engagée elle aussi dans un tunnel dont elle ne verrait pas le bout ?

Ce n'était pas seulement la paysannerie qui mourait, d'ailleurs, mais l'ensemble du monde rural. Qui habitait encore au village ? Quelques vieux dont la vie s'achevait comme la sienne, dans la solitude. André regardait les toitures des maisons, massées autour de l'église, puis il se tourna vers les siennes qu'il avait restaurées autrefois, au prix de tant d'efforts et de sacrifices. Quel artisan viendrait les remanier demain quand la nécessité s'en ferait à nouveau sentir ? Qui réparerait les portes disjointes, les murs qui se lézardent ? Il n'y avait presque plus de charpentiers, de maçons, de menuisiers : ceux qui restaient encore, dans les environs, avaient passé la cinquantaine. Dans dix ans, il serait impossible d'en trouver un seul. Tous les jeunes préféraient s'en aller à la ville, obtenir un « emploi », comme Philippe en avait rêvé. Un emploi, être employés, servir à quelque chose, puisqu'ils avaient le sentiment qu'à la terre ils ne servaient plus à rien désormais.

Le désert. C'était ce qui attendait ce pays maintenant. Hors les villes, toujours plus affamées d'espace, il n'y aurait plus qu'un territoire désert. Avec des jachères. Ou des peupliers. Ou des sapins, comme il l'avait vu dans la Montagne Noire à l'époque du mariage de Luc. De toute façon cela revenait au même puisque les campagnes allaient se vider à jamais des êtres de chair et de sang, à la façon de ces sources qui s'amenuisent, continuent à ruisseler chichement pendant quelques mètres, toutes maigres parmi les pierres, puis finissent par se boire dans le premier sable venu. Elles ressembleraient aux recs* arides, ces fantômes de ruisseau dont la crevasse ride encore le sol des bois, mais que seuls de rares orages font revivre l'espace de quelques heures.

Il regarda les feuilles encore vertes de sa vigne. Bientôt elles jauniraient quand la sève commencerait à se tarir, elles rougiraient puis roussiraient avec les premiers froids de l'automne, avant que l'hiver les engourdisse et dépouille les ceps de leurs guirlandes bariolées. La fête serait finie.

Peu lui importait d'ailleurs, ce soir, puisque dans quelques semaines, cette vigne ne serait plus la sienne. Ces feuilles qui tomberaient avec les gelées cesseraient d'être une part de lui-même. Le lien qui depuis des siècles rattachait la vigne à son sang se briserait dès la signature du bail. Ce lien, qu'il sentait si fort au plus profond de lui, aussi charnel que celui qui l'avait relié à Marie-Anne ou à Isabelle, déjà ce soir il en percevait les amarres décrochées, et il se mit à errer dans cet océan de vignes, comme une barque à la dérive.

Plus rien ne le reliait à quelqu'un, ni à quelque chose. Le désert qu'il voyait s'étendre dans la plaine, prêt à prendre d'assaut les collines qui environnent Bertranot, il le sentait aussi, peu à peu, pénétrer au fond de lui. Le petit garçon affectueux qu'avait été Luc autrefois était devenu un adulte distant, préoccupé seulement de ne pas déplaire à Françoise. Il y avait Marie, bien sûr, mais André la voyait si rarement qu'il arrivait que son image même s'estompe dans son esprit. Il en est ainsi des morts qu'on a tant aimés quand ils étaient vivants : la voix se perd d'abord. On essaie de la retrouver dans la masse confuse de ses souvenirs, mais elle vous fuit, insaisissable comme l'eau que l'on tente de retenir entre ses doigts. Puis c'est l'image à son tour qui nous échappe : ses contours deviennent indécis, elle se trouble, semblable à une photo floue dont l'objectif a été mal réglé, puis elle s'efface peu à peu, et ne resurgit que de façon éphémère. Un éclair dans la nuit.

Depuis des années, Luc et Françoise n'étaient plus revenus ici. Sans doute trouvaient-ils la vie trop triste maintenant à Bertranot. Et puis, après l'agrégation, Françoise s'était lancée dans une thèse. À peine descendaient-ils même à Salvetat, car Françoise avait passé plusieurs étés dans des bibliothèques ou des archives, de Dunkerque à Perpignan, un peu partout. Sa thèse portait sur les fortifications de Vauban. Et Dieu sait si Vauban en avait barricadé le territoire, de ses fortifications : au nord, dans l'est, à l'ouest, au sud, au pied des montagnes, face à la mer ! Françoise avait mis des années à recenser, à explorer, à mettre sur fiches, l'œuvre du grand bâtisseur. Après avoir soutenu sa thèse avec la mention « très honorable » (ils avaient annoncé la nouvelle à André sur une carte postale représentant les fortifications de l'île de Ré),

Françoise avait décroché un poste de maître de conférences à la faculté de Nancy.

Pendant ce temps, les relations de Françoise et de sa fille n'avaient cessé de se dégrader. Par deux fois Marie était venue, adolescente, pour quelques jours, seule, à Bertranot. André l'avait vue blessée, révoltée contre sa mère qui, non seulement ne s'occupait pas d'elle, mais persistait à tout lui interdire. À Bertranot, auprès de son grand-père, Marie respirait un peu : ce n'étaient que quelques jours, mais sans contraintes. Elle veillait longuement, le soir, bien après qu'André se fût couché, comme si elle voulait rattraper le temps de toutes ces années où sa mère l'envoyait au lit à huit heures.

Parfois, André restait à bavarder avec elle. Ils buvaient ensemble de la liqueur de genièvre qu'il préparait lui-même, et elle lui parlait de sa vie, de ce qu'elle faisait en classe, et des leçons de piano qu'elle suivait au conservatoire. C'était la seule liberté que sa mère lui accordait : quand elle allait prendre ses leçons, le mercredi après-midi, elle en profitait pour traîner un peu, rencontrer des amis.

Lorsqu'elle avait obtenu son bac, André lui avait payé un voyage. Comme elle devait entreprendre une licence de lettres classiques, Marie avait choisi la Grèce. C'était un voyage organisé par des universitaires, et de ce fait, Françoise ne s'y était pas opposée. À son retour, Marie avait à nouveau passé quelques jours à Bertranot : elle raconta à André tout ce qu'elle avait vu là-bas, le Parthénon au soleil couchant, si flamboyant de reflets d'or quand on le contemple depuis le promontoire du Pnyx ; le théâtre de Dionysos où l'on est presque seul quand la foule s'entasse, à quelques mètres de là, sous les Propylées ; Mycènes aux murailles terribles, devenues pourpres sous un orage, brûlées d'un feu qui paraît jaillir de la terre, et dont le silence semble hurler toutes les légendes sanglantes dont elle est imprégnée.

André l'écoutait, songeant à tous les voyages dont il avait rêvé autrefois, et qu'il ne ferait jamais.

Marie lui avait parlé aussi d'Yannis, un Chypriote qu'elle avait rencontré à Athènes où il suivait des études de médecine. Quand elle décrivait le jeune homme aux cheveux noirs et ondulés, sa voix devenait incertaine : parfois elle le décrivait sans s'arrêter pendant de longues minutes, comme elle l'avait fait pour l'aurige du musée de Delphes, mais avec des inflexions si suaves que les mots s'articulaient à peine ; puis la voix devenait plus rauque, Marie évoquait les promenades avec lui dans les rues de Plaka. Peut-être attendait-elle, comme Philippe autrefois, qu'André veuille en savoir davantage ? Mais André n'osait pas, craignant de prononcer une parole qui la heurte, qui la blesse, et qui interrompe la confidence.

Marie n'avait même pas terminé sa première année d'université. À la fin du mois de mai, juste avant les examens, elle était repartie en Grèce, rejoindre Yannis. André avait appris par Luc qu'au lieu d'assister régulièrement à ses cours, elle avait travaillé, tantôt faisant du gardiennage d'enfants, tantôt comme serveuse dans de petits restaurants : tout cela pour se payer le voyage, sans rien demander à ses parents. Elle ne les avait même pas prévenus de son départ : seule une lettre d'Athènes, deux semaines plus tard, les avait informés de sa décision d'aller vivre là-bas.

André avait reçu un coup de téléphone de Françoise qui l'accusait d'être à l'origine de ce départ : « Si vous ne lui aviez pas payé ce voyage l'année dernière, nous n'en serions pas là maintenant. »

Comment André aurait-il pu lui dire ce qu'il avait deviné ? Luc et Françoise étaient-ils donc sourds et aveugles au point de ne pas l'avoir soupçonné ? Quand Marie était partie en Grèce, peut-être le désir de rejoindre Yannis avait-il été moins fort que sa volonté farouche de fuir sa mère. Si elle avait choisi de s'en aller si loin, c'était parce qu'elle souhaitait que des pays, et des pays encore, et la mer même la séparent d'elle. Sans doute avait-elle voulu faire payer à sa mère ce qui avait été sa solitude en lui faisant connaître, à son tour, le désespoir de se sentir abandonnée.

D'ailleurs, au bout d'un an, un coup de téléphone de Luc avait prévenu André que Marie ne vivait plus avec Yannis. En tout cas, c'est ce qu'elle lui avait dit, mais elle n'était pas revenue pour autant. Elle travaillait à Athènes dans une agence de voyages, et elle guidait les touristes français sur les sites archéologiques. Une fois, André avait vu sa photo sur le catalogue d'une agence : il l'avait reconnue dans un groupe avec lequel elle était photographiée.

Marie presque au bout du monde, Luc qui ne venait plus, sa vigne qu'il allait abandonner, André pensa qu'il lui restait décidément fort peu de choses dans sa vie.

D'ailleurs, à bien y réfléchir, il ne lui restait plus rien, hormis cette maison de Bertranot qu'il allait continuer à habiter, seul, en attendant la mort.

Il regarda une dernière fois sa vigne que le froid se préparait à engourdir et que l'hiver plongerait bientôt dans le long sommeil de l'hiver.

Un souffle du nord surgit du fond de la forêt, empoigna la cime des arbres et secoua les pampres avec ce bruissement si particulier que font les cyprès aux vents de novembre. Une masse de brume monta d'un seul coup des profondeurs de la vallée, enveloppant le village d'une ouate mêlée d'ocre. C'est à peine si les rayons du soleil couchant parvenaient à s'y frayer un passage. André eut froid, soudain, et se mit à frissonner comme les feuilles. L'idée que l'automne de sa vigne était aussi le sien lui traversa l'esprit : l'engourdissement des pampres serait à l'image de l'hiver qui avait déjà commencé à raidir ses bras, ses mains, ses jambes. Il décida de rentrer. Quand il traversa la cour, le palmier claqua ses faisceaux avec des battements d'ailes métalliques.

Dans la cheminée, un gros cep achevait de se consumer. André posa une pomme de pin sur les braises. Quelques flammes bleutées se mirent à galoper sur le bois calciné, puis s'éteignirent.

« Même le feu ne veut plus brûler », pensa-t-il.

Le sac de pommes de pin était sous le hangar. Il n'eut pas envie de sortir à nouveau. La pensée que tout un monde s'achevait avec lui l'obsédait. Sur les hauteurs de la commune, déjà séquestrés par des taillis centenaires, subsistaient des vestiges de hameaux envahis par les ronces et le lierre : là, des gens avaient vécu, aimé, souffert. Ils s'y étaient mariés, avaient souri à la naissance d'un enfant. Les soirs d'orage, ils avaient tremblé, eux aussi, pour leurs récoltes. L'un ou l'autre de leurs fils avait dû mourir à la guerre, la maladie avait emporté un mari, une épouse, et un jour, vieillissants, ils étaient allés rejoindre dans le cimetière tous ceux qui les y avaient précédés. Puis, lors du terrible phylloxéra, toutes ces maisons furent abandonnées. Plus personne n'était venu les habiter. Plus personne même ne se souvenait de ceux qui y avaient vécu : leur image, leurs noms, avaient été ensevelis avec les derniers vieux qui les avaient connus.

Au début du mois d'octobre, André s'était rendu au cimetière, comme chaque année, en prévision de la Toussaint : il vérifiait s'il n'y avait pas quelque restauration à effectuer au caveau, ou si le cyprès qui se dressait près de la tombe ne la menaçait pas d'une branche prête à s'affaisser.

Peut-être à cause de l'imminence du bail, de cette ultime page de sa vie qui devait se tourner, il resta là plus longtemps que d'habitude. Ni le givre de l'hiver ni les orages de l'été n'avaient endommagé la longue silhouette de l'if. Après avoir gratté la mousse verdâtre mêlée de résine qui avait sali les deux livres de marbre blanc où figuraient les visages de Marie-Anne et de Philippe, il erra un moment dans le cimetière. Il lui prit la curiosité de regarder les plus anciennes tombes, celles que plus personne, depuis longtemps, ne venait fleurir, et dont avait été oublié jusqu'au nom de ceux qu'elles contenaient. Rares étaient celles qui étaient encore surmontées d'une croix : la stèle verticale, plus sensible aux intempéries, s'était délabrée, peu à peu. Le gel, infiltré dans la pierre, en avait lentement démantelé le bloc, jusqu'à ce qu'un coup de vent l'abatte. Il ne restait que la dalle horizontale sur laquelle André ne parvenait qu'avec difficulté à lire le nom que l'on y avait gravé.

Les moins vieilles de ces vétéranes s'étaient déstabilisées sur un coin, ou sur un autre. Un angle se soulevait tandis qu'un autre s'affaissait. Ainsi chaotiques, elles ressemblaient à des barques prises dans une tempête. D'autres étaient restées stables et avaient gardé leur horizontalité, mais elles s'enfonçaient inexorablement, pareilles à un vaisseau qui coule : à peine la surface émergeait-elle encore, mais le naufrage les attirait vers les profondeurs. Bientôt, la terre aurait recouvert jusqu'au nom qu'elles portaient. Alors, même les tombeaux des oubliés seraient oubliés à leur tour.

André songea qu'un jour Bertranot ne serait plus qu'un tas de pierres. Cet aboutissement lui parut inéluctable. Au printemps dernier, une bourrasque avait arraché plusieurs tuiles du pigeonnier : il avait dû attendre la fin de l'été avant qu'un charpentier ne vienne enfin panser la plaie béante. Les chevrons cussonnés s'étaient imprégnés d'eau comme du sable assoiffé au mois d'août. Il suffit de quelques années pour qu'une maison s'effondre. André se dit que s'il mourait maintenant, Luc trouverait encore à vendre les terres, mais la maison, qui en voudrait ? Qui s'encombrerait de ces toitures ruineuses que des charpentiers, de plus en plus rares, de plus en plus chers, ne viendraient réparer qu'après de longues attentes au cours desquelles les poutres et les solives souffriraient irrémédiablement ? Tous préféreraient, comme Luc, une villa neuve, dans la périphérie d'une grande ville, avec des rues foisonnantes de vie, des supermarchés aux mille étalages, des magasins à côté de chez eux. Qui accepterait encore d'abattre des arbres, de fendre des troncs, et d'apporter de lourdes bûches dans l'âtre quand il suffit d'enclencher le commutateur d'un chauffage électrique ? Les écologistes, qui sont « de la ville » et qui ignorent les réalités de la terre, n'ont que le mot « nature » à la bouche : la nature ! La nature ! La nature ! Mais qu'est-ce que la nature sans l'homme ? Des friches et des ronces. C'est l'homme, qui a construit le paysage, défrichant d'un côté, replantant de l'autre, faisant le tri du bon et du mauvais, destinant aux prairies les bas-fonds maigres et encaissés, aux blés les sols plus riches et faciles d'accès, réservant à la vigne les pentes cailouteuses que le soleil éclaire dès les premières clartés de l'aube.

André avait laissé sur la table, depuis son repas de midi, un pot de confiture. C'était celle qu'il préparait en hiver, avec ces gros melons tout bêtes, si fades au goût que même les poules n'en veulent pas. L'homme avait dû se demander longtemps quel usage il pourrait faire de cette chair pourtant si généreuse. Mais quelque ménagère astucieuse avait eu un jour l'idée de les cuire avec du sucre et de les aromatiser avec ces oranges amères, immangeables elles aussi, qui mûrissaient sur des orangers en caisses qu'on gardait pour la décoration et qu'on rentrait aux premières gelées. Il y avait tant de choses comme cela, des cadeaux que l'homme avait reçus de la nature, et dont lui seul avait su trouver la clé qui permet de s'en servir. La nature n'est rien si l'homme n'est plus là.

Un souffle de vent s'engouffra dans l'âtre, faisant voler autour des braises les cendres encore chaudes. Quelques flammes revinrent, diffusant une lueur falote qui fit courir des ombres sur les murs.

André se dit que la soirée allait être encore bien longue. Bien qu'il n'eût pas faim, il apporta la marmite auprès du feu. Plutôt que d'allumer la gazinière, ce serait une distraction d'attendre que la soupe se mette à clapoter à l'intérieur de l'émail blanc. Puis il attrapa une assiette, s'obligeant à ne pas puiser avec sa cuillère à même la marmite. Il avait trop vu de ces vieillards seuls qui se laissent aller, vivant à la façon des bêtes, mangeant dans les casseroles qu'ils ne lavaient même plus : il ne voulait pas finir comme eux.

Aussi lentement qu'il s'efforçât de l'avaler, la soupe ne lui prit qu'une dizaine de minutes. Il saisit une grappe de chasselas, un peu de pain dont il frotta la croûte avec une gousse d'ail, et, graine après graine, il fit durer le temps. La pendule sonna neuf heures. Allait-il se coucher maintenant, pour que resurgissent toute la nuit encore les fantômes de son existence ? Il préféra attendre, grignoter quelques noix fraîches, laisser au moins s'achever la palpitation des dernières braises avant de monter dans sa chambre.

XX

André s'était assoupi depuis un moment sur sa chaise quand un faisceau lumineux balaya l'écran de sa fenêtre et le tira de sa torpeur. Deux phares, immobilisés maintenant, éclairaient la cour. Un bruit de moteur résonnait contre les murs, et il entrevit la forme d'une voiture surmontée d'un rectangle lumineux où brillait le mot « taxi ». Une portière s'ouvrit, laissant apparaître une silhouette dont il ne put distinguer, dans l'ombre, si c'était celle d'un homme ou celle d'une femme. Il devina plus qu'il ne les entendit réellement quelques mots échangés avec le conducteur, et tandis que la silhouette se penchait vers la glace, il aperçut un gros sac sur son dos. Puis la voiture se remit à rouler lentement, contourna le massif, et disparut dans l'allée.

André entendit sur le gravier des pas qui s'approchaient de la porte. Il entrevit une femme derrière les vitres : elle s'arrêta sur le seuil, tendit la main vers le loquet, puis la retira. André se leva de sa chaise, scruta un instant l'inconnue : c'était une jeune fille, mais elle baissait la tête et il ne put voir son visage. Elle portait un long duffle-coat gris dont le capuchon était rabattu en arrière.

Il ouvrit la porte. La tête se releva.

C'était Marie.

Il resta un moment sans qu'une parole sorte de ses lèvres, hésitant entre la joie et la stupeur, tant la présence de sa petite-fille lui parut inimaginable, ici et à cette heure.

« Marie… ! »

Il était à ce point désarçonné par cette arrivée que, dans son trouble, il omit de l'embrasser. Simplement, il prit sa main et la fit entrer.

C'est à peine s'il la reconnaissait. Six ans au moins s'étaient passés depuis la dernière fois qu'il l'avait vue. Ses traits avaient mûri : la petite fille, et même l'adolescente qu'il avait connues autrefois, comme elles étaient lointaines ! Sur ses joues, des rondeurs enfantines subsistaient, mais ses yeux avaient perdu leur éclat rieur. Il y retrouvait cette gravité qui lui serrait le cœur quand elle lui parlait de ses querelles avec sa mère, ou plus petite encore lorsqu'elle avait pleuré tout contre lui… Mais ce soir, il y avait dans son regard quelque chose qui allait plus loin que la douleur.

« Assieds-toi. Tu as faim ? » dit-il simplement.

Elle acquiesça d'un hochement de tête. Sans changer de place, elle posa son sac, approcha une chaise de la cheminée. Elle s'y assit lentement comme si elle avait peur qu'une part d'elle-même ne se rompe, puis elle étendit les mains vers les braises à demi éteintes qui restaient encore au milieu des cendres.

« Tu as froid ? Attends, je vais chercher des sarments. »

Il revint avec un fagot, froissa un journal, craqua une allumette, et les flammes se mirent à jaillir avec la fougue d'un feu de la Saint-Jean. Puis il réchauffa rapidement la soupe sur la gazinière et lui porta une assiette fumante qu'elle prit entre ses mains.

« Tes parents savent-ils que tu es ici ? »

D'un léger plissement des paupières, elle lui fit comprendre qu'ils n'étaient pas au courant. L'assiette collée contre ses lèvres, elle buvait longuement, les yeux fixés vers la flamme, avec un air de naufragée. L'épuisement se lisait sur son visage, toute une détresse physique et morale qu'il devinait à l'intérieur de ce corps fatigué. Elle avait les traits noyés par des chagrins qui avaient dû s'accumuler pendant des années.

« Je suis bien, maintenant », dit-elle enfin après avoir reposé l'assiette. Puis après un moment de silence, elle ajouta :

« Et toi, comment vas-tu, grand-père ? Je te demande pardon de ne pas t'avoir écrit depuis si longtemps. »

Cette sollicitude émut le vieil homme : qui se souciait maintenant de ce qu'il pouvait ressentir ?

Il lui répondit que ce n'était pas grave, et qu'un jeune ne peut pas vivre que pour les vieux. Chacun a sa vie, et ses soucis.

« Quand même, c'est vrai, insista-t-elle, j'aurais pu te donner de mes nouvelles.

— J'en ai, à présent, puisque tu es là. Et puis j'en avais quelques-unes par ton père, chaque fois qu'il me téléphonait. Mais il ne savait pas grand-chose : tu ne devais pas souvent leur écrire à eux non plus. »

Elle serrait ses bras croisés contre son corps comme si elle avait encore froid. Le fagot s'était presque entièrement consumé. Il la quitta un moment pour aller chercher quelques bûches avant que les sarments ne s'éteignent tout à fait. Il rapporta une grosse brassée de cimes de pin dont l'écorce calleuse crépita aussitôt entre les chenets. Des flammes drues se dressèrent à nouveau le long de la plaque de fonte. La chaleur envahit la pièce. Elle détendit ses bras.

« Grand-père... »

Elle parut s'éveiller d'un long sommeil.

« Grand-père... Cela me fait tout drôle de t'appeler ainsi, maintenant que je suis vieille...

— Vieille ? Mais tu as... attends... Vingt-six ans, non ?

— Eh oui, vingt-six ans, déjà. Si tu savais pourtant comme je me sens vieille... Dis, tu fabriques toujours cette liqueur de genièvre que tu m'avais fait boire quand j'étais venue ici ? »

Il se leva, ouvrit l'armoire, en tira un carafon de verre rose et lui tendit un petit verre qu'il remplit précautionneusement. Elle le porta à ses lèvres. La chaleur de l'alcool lui fit l'effet des gouttes de vin que les paysannes font boire, dans les fermes, aux poussins malades : l'ivresse les requinque et ils se remettent à piauler.

André vit briller les yeux de Marie. Tout à l'heure elle se murait dans son silence, maintenant elle avait envie de parler.

« Tu sais, grand-père, je suis partie parce que chez moi, je n'en pouvais plus. Après mon bac, mes parents m'avaient loué un studio à Nancy. J'avais cru être tranquille. Mais comme ma mère venait à la fac trois jours par semaine, je l'avais tous les jours sur le dos. Si je sortais le soir, je la trouvais qui m'attendait devant la porte. Et c'étaient toujours des questions : "Avec qui étais-tu ? Pourquoi es-tu sortie au lieu de travailler ?" Ou bien c'étaient mes copains qui ne lui plaisaient pas. Quand elle ne venait pas à Nancy, elle me harcelait au téléphone. Et c'était toujours le même refrain : "Cela fait dix fois que je t'appelle, et tu n'es jamais là ! Où étais-tu ? Et avec qui ?" C'était l'enfer. Si encore elle s'était davantage occupée de moi quand j'étais petite, j'aurais compris. Mais alors, c'était elle qui n'était jamais là. Toujours enfermée dans son bureau à préparer son agrég ou sa thèse. Et elle aurait voulu que je sois prof, comme elle, pour vivre enfermée toute ma vie ? Elle était toujours à courir les archives et les bibliothèques avec son Vauban. Tu vas rire, j'avais acheté le disque de Léo Ferré "Merde à Vauban", et je l'écoutais des journées entières quand elle n'était pas là.

— Mais enfin, tu avais ton père. Il s'occupait bien de toi, lui ?

— Oui, c'est vrai, j'avais mon père. Il ne criait pas comme elle, et je crois que, de lui-même, il aurait été plus cool avec moi. Mais il ne voulait pas la contrarier. Je ne sais pas s'il avait peur d'elle, si c'est par lâcheté qu'il voulait avoir la paix, mais il ne disait rien quand elle me hurlait dessus. Pour être tranquille, il avait pris l'habitude de s'enfermer dans sa chambre avec ses disques et ses bouquins. Ou bien il sortait dans le jardin quand ma mère criait dans la maison. Note bien que je ne le blâme pas : je me souviens, j'avais quinze ans, je venais d'entrer en seconde, et elle enseignait encore au lycée ; un vendredi soir, en revenant d'un conseil de classe, elle était rentrée en furie parce que je n'avais pas eu un bon bulletin. Cette fois, papa avait essayé d'intervenir. Eh bien elle s'était mise dans une telle rage qu'elle était partie jusqu'au lundi matin. Papa ne l'avait revue qu'au lycée. Alors, c'est vrai, je comprends qu'après, il hésitait avant de me défendre. »

Son regard, qui s'était un peu égayé tout à l'heure, avait de nouveau retrouvé sa tristesse en évoquant ces souvenirs.

« Tu sais, grand-père, il ne faut pas m'en vouloir si je suis partie, mais je n'en pouvais plus. »

Elle hésita un moment.

« Et puis, c'est vrai, il y a eu Yannis.
— Tu étais avec lui, en Grèce ?
— Oui. Enfin... au début. C'est moi qui l'ai aidé à payer ses études de médecine. Sa famille était pauvre. Quand je l'ai connu, il allait au Pirée décharger des bateaux, le soir, pour gagner de l'argent. Alors j'ai réussi à me faire embaucher dans une agence de voyages, et c'est moi qui faisais bouillir la marmite. Mais, tu sais, les salaires là-bas ne sont pas ce qu'ils sont ici. Ce n'est pas étonnant que les touristes puissent venir en Grèce à bon marché ! D'ailleurs j'aurais dû t'écrire et te faire profiter des prix avantageux que je pouvais obtenir à l'agence. Mais je n'osais pas. Au fond de moi, j'avais honte de ma vie. »

Il lui dit que ce n'était pas ça qui était important, et que si elle était heureuse avec Yannis, elle avait bien fait de partir là-bas.

« Heureuse... Bien sûr je n'avais plus ma mère sur le dos. Mais entre ses études et mon travail, on n'arrivait presque pas à se voir avec Yannis.

Parfois, je partais une semaine entière avec un car de touristes. »

Elle s'arrêta, mordit ses lèvres quelques instants.

« Et puis, il n'y a pas eu que ça. Il était né pauvre, et il voulait s'en sortir, à n'importe quel prix. Un jour, il m'a annoncé qu'il allait se marier avec la fille unique d'un chirurgien qui était le patron d'une clinique d'Athènes. Elle était moche, et c'était pour son fric qu'il l'épousait. Parce qu'il savait qu'un jour, de cette façon, la clinique serait à lui. Mais il m'assura qu'il continuerait à m'aimer quand même. J'ai cru en crever quand il m'a annoncé ça, pourtant je l'aimais si fort que j'ai accepté de continuer à le voir après son mariage. Cette solution était absurde, mais si on m'avait arrachée à lui à ce moment-là, mon corps, mon âme en auraient été mutilés. »

L'espace d'une seconde, André revit Isabelle. Il se souvint de la déchirure qu'il sentait jusque dans sa chair quand il devait la quitter après leurs trop brèves rencontres. Il dut faire un effort sur lui-même pour s'arracher à cette image. Tout entière absorbée par son récit, Marie ne s'aperçut pas que le regard de son grand-père, un instant, s'était égaré.

« J'ai tenu comme ça pendant deux ans, continua-t-elle. Et cet été, j'ai craqué. Déjà je n'en pouvais plus de ne le voir que quelques heures et en cachette. Au début du mois de juillet, il est parti un mois à Chypre avec elle, et comme moi, de mon côté, j'étais toujours prise avec les touristes, on ne se voyait plus du tout. Alors j'ai compris que ma vie avec lui n'avait plus de sens. Ma vie en Grèce non plus. Après la saison, j'ai donné ma démission à l'agence, et j'ai décidé de rentrer en France. J'ai pris l'avion jusqu'à Bordeaux, puis le train, et tout à l'heure un taxi. »

Elle avait dit cela tout d'un trait, presque sans reprendre son souffle. Puis elle respira profondément, sans doute soulagée de cette longue confession. André lui prit la main, ainsi qu'il le faisait avec Isabelle quand il la voyait triste.

Puis, soudain, comme si un éclair de son enfance avait surgi tout au fond de sa mémoire, elle murmura :

« Tu te souviens quand tu m'avais consolée, un soir où maman avait été si dure avec moi. Je t'avais dit : "J'aurais tant aimé avoir une maman comme les autres, une maman qui sache me caresser." Est-ce que tu t'en souviens ? »

Son regard avait pris cet air étonné qui fige les traits lorsqu'on retrouve au fond d'un tiroir un objet perdu depuis longtemps, et qui avait eu sa place, autrefois, dans notre vie.

« Est-ce que tu t'en souviens, grand-père ? » répéta-t-elle, les yeux émergeant de cette image lointaine.

Non seulement il s'en souvenait, mais jamais il n'avait oublié. Il ne s'était presque pas écoulé de jours dans sa vie sans que la détresse de sa petite fille, les mots qu'elle avait prononcés alors, ne viennent frapper à la porte de sa mémoire. Ceci remontait à près de vingt ans. À l'âge de Marie, les jeunes s'imaginent que vingt ans en arrière, c'est l'éternité. Pour André, c'était hier encore.

Puis, comme si elle avait eu honte de ne parler que d'elle depuis qu'ils s'étaient retrouvés, elle lui demanda :

« Et toi, grand-père, qu'es-tu devenu pendant tout ce temps ? J'imagine que la vie n'a pas toujours été drôle pour toi non plus. Quand je pense aux chagrins que tu as eus, je trouve que les miens sont bien peu de choses. Tu n'as toujours pas pris ta retraite ? »

Alors il lui dit que si, que c'était fait, ou presque, et qu'il allait signer le bail d'affermage dans les semaines à venir. Elle le regarda, serra la vieille main rugueuse dans sa main douce de jeune fille :

« Je ne comprends pas, ça n'a pas l'air de te faire plaisir, ce bail.

— Plaisir ? Cela ne fait jamais plaisir à un paysan, tu sais, d'abandonner sa terre. Surtout pour la laisser à un voisin. Si Philippe avait vécu, c'est sûr que j'aurais vu les choses autrement. »

Il sentit que sa voix allait se briser, alors il se mit à sourire.

« Je serais parti voyager, comme toi. Je serais venu te voir en Grèce. »

Elle sourit aussi, puis elle lui avoua qu'elle n'en pouvait plus et qu'elle souhaitait se coucher, maintenant.

« Ta chambre est toujours là, Marie. Personne n'y a dormi depuis la dernière fois que tu es venue. Moi, je ne t'attendais plus, mais ta chambre, elle, t'attendait. »

XXI

Andrÿ avait suivi Marie dans l'escalier : sur la plus haute étagère de son armoire, il prit une paire de grands draps de fil blanc. Il y en avait là des dizaines, entassées comme des couches géologiques dans une roche : chaque paire, brodée d'initiales, faisait partie des trousseaux de mariage que des générations successives y avaient accumulées. Les draps de Marie-Anne constituaient la dernière strate.

Il aida Marie à déplier ces vastes rectangles qui libérèrent, à la façon d'une fleur qui s'ouvre, un parfum où se mêlaient des senteurs de lin et de lavande.

« Oh, grand-père, ce parfum, je me le rappelle ! Comme je l'aimais déjà quand j'étais petite. J'aimais le contact un peu râpeux de ce tissu, et déjà je le préférais à celui des housses synthétiques qu'on utilise maintenant ! Je retrouve l'odeur des nuits de mon enfance, celle des étés où je venais à Bertranot ! »

Et ses yeux à nouveau se perdirent au fond de souvenirs lointains, enfouis dans les profondeurs, et qui remontaient à la surface de sa mémoire. Il dut la sortir de son rêve pour aller se coucher :

« Je te laisse, maintenant, Marie. Il faut que tu oublies tes souvenirs et que tu dormes. Je crois que nous en avons bien besoin tous les deux », lui dit-il en l'embrassant.

À peine avait-il franchi le couloir qu'il fut rattrapé par tout ce que Marie lui avait raconté sur ses parents. Et une immense peine l'envahit à la pensée que Luc n'avait pas été heureux avec Françoise. Il s'en était douté déjà, bien que Luc ne se fût jamais plaint. Au contraire, Luc se rangeait toujours du côté de Françoise quand André insistait pour proposer une sortie à Marie, ou quand Philippe maugréait une remarque aigre-douce. Dans un ordre des choses où la perfection n'existe pas, peut-être s'était-il accommodé de la vie qu'il menait avec Françoise ? Tout de même, le récit de Marie l'avait bouleversé : pendant ces trois jours où Françoise était partie de sa maison, sans que Luc sache où elle se trouvait, quelle avait dû être la détresse de son fils, resté seul avec Marie, dans l'attente et l'incertitude ! Il pensa alors à Béatrice, qui s'était mariée avec un professeur de Bordeaux, et qui avait divorcé depuis, et la pensée que Luc aurait été plus heureux avec elle vint à nouveau tournoyer dans sa tête.

Pourtant, même après ce qu'il venait d'apprendre, André ne souhaitait pas un divorce pour Luc. Dans l'état où était Marie, malgré le ressentiment qu'elle vouait à sa mère, un nouveau choc n'eût fait qu'aggraver son désarroi. Et puis, l'idée du divorce, en soi, répugnait à André. Non seulement à cause de l'éducation qu'il avait reçue, mais parce qu'il en avait constaté plusieurs fois la laideur. Torrino s'était confié à lui au moment où Béatrice s'était séparée de son mari ; le fils du cousin de Xaintrailles avait divorcé lui aussi ; et André se souvenait du chagrin d'Isabelle qui avait dû se battre pour garder son petit garçon auprès d'elle. À chaque fois, les mêmes bassesses étaient survenues, comme si le divorce libérait en chaque être ce qu'il a de plus sordide. Dès que les humains s'affrontent, les sédiments entassés se soulèvent à la façon de ceux qui tapissent la fontaine de Bertranot lorsqu'une tige de vergne en agite le fond. Pendant les années de guerre, les gens les plus respectables s'étaient mis soudain à dénoncer leurs voisins. Il y avait aussi les querelles d'héritage contre lesquelles Alice l'avait mis en garde : pour quelque argent, pour un objet convoité, les hommes deviennent des loups.

Alors, si Luc, après tout, s'accommodait tant bien que mal de sa vie bancale, c'était quand même préférable à ces noirceurs. Pendant les années où il avait fréquenté l'école du village, Luc s'était sans doute imprégné de la sagesse paysanne, cet art d'apprivoiser l'adversité, ce stoïcisme des humbles face aux aléas de l'existence. Une année, André avait planté de la vigne sur une parcelle dont il redoutait le sol ingrat. Peut-être par défi, ou parce que veillait en lui, prêt à bondir, ce réflexe de paysan qui répugne à laisser perdre de la terre, il avait néanmoins tenté la plantation. La vigne poussa, mais elle demeura chétive, et ses rendements restèrent maigres. Il eût été plus rationnel de l'arracher et de recommencer ailleurs une plantation nouvelle. Pourtant, André ne s'y était pas résolu : la pauvreté du sol en rendait la récolte peu sujette à la pourriture ; on y cueillait des grappes rares, mais saines : il avait préféré s'accommoder de cette demi-réussite plutôt que d'arracher la vigne et de rendre la terre à la friche. De même, il valait mieux pour Luc rester avec Françoise plutôt que d'affronter des tourments dont il ne sortirait pas indemne.

Ces pensées s'agitaient dans l'esprit d'André quand le sommeil s'empara de lui, étouffant les soubresauts de ses réflexions. Il n'avait pourtant pas été épuisé par un long voyage, comme Marie, mais son périple depuis la veille à travers ses souvenirs l'avait vidé de ses forces. Le retour de sa petite fille, et la confession douloureuse qu'elle venait de lui faire, avaient ajouté un chapitre de plus à son existence : il aurait pu passer sa nuit à ressasser les « pourquoi » et les « comment » de tout ce qu'elle lui avait dit. Cela aurait pu être de ces nuits terribles où le sommeil refuse d'arriver, où l'on se tourne et se retourne dans son lit. Parfois, le sommeil arrive cependant, fragile, cristal prêt à se briser au moindre bruit ; et quand il se brise effectivement, plus rien ne peut parvenir à le ressouder : on ne se rendort plus. Ou bien ce sont des assoupissements brefs que les cauchemars viennent hanter. Et c'est alors une nuit épuisante dont on se relève meurtri, harassé.

Mais heureusement, il avait dormi d'un trait, dans un sommeil sans rêves, cette nuit-là.

*

Quand il s'éveilla et qu'il alla ouvrir sa fenêtre, les brumes du matin s'étaient déjà dissipées. L'air était frais. Quelques débris de nuages rougeoyaient sur les crêtes de l'horizon. Une boule de braise avait soudain jailli, toute ronde, à la façon de ces noyaux qu'on expulse en pressant un fruit entre le pouce et l'index. La boule éclata, bouscula les nuages, s'épanouit en un puissant soleil d'automne qui fit gicler toute sa lumière dans la chambre. Une neige d'étincelles vint se poser sur chacun des meubles et des objets de la pièce.

Marie dormait encore. Il traversa le couloir sur la pointe des pieds, descendit l'escalier en essayant de ne pas faire craquer les marches, puis alla jusqu'à la cuisine mettre à chauffer un grand bol de café. Il y avait longtemps qu'il n'avait pas eu faim comme ce matin. D'habitude, dès les premiers jours d'octobre, il allumait le feu avant de déjeuner, mais aujourd'hui, il se sentit d'un tel appétit qu'il déjeuna d'abord.

Puis il eut l'idée de faire une surprise à la « petite ».

Il plaça sur la table une tasse en porcelaine qu'il avait prise dans le service de la salle à manger avec la cafetière et le sucrier assortis.

« Je vais lui faire un déjeuner de princesse. »

Il se répéta cette phrase plusieurs fois, préparant sa joie par le plaisir que ces mots lui procuraient.

Puis il sortit et ramena un fagot de branches de figuier. Au cours de l'hiver précédent, il avait élagué le vieil arbre qui se trouvait, peut-être depuis l'origine de la maison, juste au-dessus de son jardin potager. Les branches en étaient devenues trop nombreuses et masquaient la lumière. Seul, André n'arrivait pas à consommer toutes les figues que l'arbre produisait : elles se gonflaient, saturées d'un miel juteux, et finissaient par éclater en fleurs sanguinolentes qui attiraient les guêpes et les frelons. Il s'était donc résigné à éliminer toutes les repousses et à ne garder que le strict nécessaire autour du tronc. Mais au lieu de jeter ces débris, il en avait fait des fagots à cause du parfum si particulier que ce bois répand autour de lui lorsqu'il se consume.

Il froissa un vieux journal qu'il mit sous une pomme de pin, et craqua une allumette.

« Avec ça, elle aura chaud, et la cuisine sentira bon. »

Il s'étonna d'avoir dit ces mots à haute voix : pourtant, comme la plupart des solitaires, il lui arrivait souvent de parler seul afin de rompre le silence de la maison.

À peine avait-il tout installé qu'il entendit les pas de Marie dans l'escalier.

« Marie, pardonne-moi, j'ai parlé tout haut, et je t'ai réveillée. Je suis une vieille bête. »

Elle vint l'embrasser :

« Je n'ai rien entendu, je t'assure, et de toute façon, je ne dormais pas. »

Elle sourit en découvrant la petite cérémonie que son grand-père lui avait préparée. Mais André s'étonna de ne pas lui voir le visage plus reposé : elle avait encore les traits tirés, comme si elle avait mal dormi. André en éprouva de la tristesse : que devrait-il faire pour lui rendre la gaieté qui était la sienne quand elle était toute petite ?

« Si tu veux, je peux te faire griller du pain, proposa-t-il. Tu verras comme c'est bon sur des braises de figuier. »

Elle ne dit pas non, mais elle paraissait soucieuse. Il s'affairait autour d'elle, attrapait la cafetière de porcelaine pour verser le café chaud, surveillait les tartines sur le gril. Elle n'en mangea qu'une seule, visiblement préoccupée.

« Grand-père, il faut que je te parle. »

Il s'assit à côté d'elle.

« Tu sais, j'ai bien réfléchi toute la nuit… »

Elle hésita. Les mots parurent suspendus à ses lèvres, sans pouvoir s'en décrocher. La plus haute branche du figuier, qu'il avait coupée au moyen d'un sécateur fixé au bout d'une perche, avait été retenue quelques instants par un enchevêtrement de tiges ; il avait cru devoir aller chercher l'échelle. Mais, au moment où il ne s'y attendait plus, elle avait glissé brusquement vers le sol. Marie parla enfin :

« Grand-père, je veux rester avec toi. »

Quand il avait ramassé la branche, il s'était étonné de la trouver si légère. Elle lui avait semblé lourde et inquiétante avant de tomber. Il fut soulagé de ce que Marie venait de lui dire : déjà, dans son adolescence, elle avait passé quelques jours avec lui, à Bertranot. Pourquoi prenait-elle cet air grave pour lui annoncer une chose aussi simple ?

« Mais Marie, tu peux rester tant que tu voudras. Tu sais bien que cette maison est la tienne. Ce n'est pas facile de trouver du travail dans la région, mais je te prêterai ma voiture, ou si tu le veux, je peux t'en acheter une. Mon argent, je ne l'emporterai pas dans ma tombe. Même si tu travailles à trente kilomètres d'ici, tu pourras revenir tous les soirs. En attendant, avec le fermage de mes terres et la petite retraite que je vais toucher, il n'y aura pas de problème. »

D'un signe de tête, elle lui fit comprendre que ce n'était pas cela.

Et elle lui dit ces mots d'une voix lente, déterminée, des mots qu'elle avait pesés toute la nuit :

« Grand-père, tu n'as pas compris, ce n'est pas ça que je veux dire. Je veux continuer la propriété avec toi. Tes terres, tu ne vas pas les louer, c'est moi qui vais les cultiver. Vois-tu, quand j'étais petite, je voulais toujours monter sur le tracteur, avec toi ou avec Philippe. Eh bien j'ai toujours eu cette envie. En Grèce aussi, il y a des vignes, et quand je traversais un vignoble avec le car, je pensais à toi, je pensais à Bertranot. Je n'avais pas encore l'idée d'y revenir, c'est vrai, mais quand même, si tu savais comme j'étais émue en voyant tous ces gens qui vendangeaient. Lorsque nous venions avec mon père et ma mère, tu nous parlais toujours de tes vendanges, et je regrettais de n'avoir jamais pu être là au mois de septembre ou d'octobre. »

Il allait l'interrompre.

« Non, je t'en prie, grand-père, ne dis rien. Je sais que mon idée doit te paraître bizarre, surtout venant d'une fille. Je ne connais rien à la culture de la terre, c'est sûr, mais enfin, à l'agence, j'ai appris aussi à faire de la gestion. Et puis tu seras là pour m'aider, pour m'enseigner tout ce que tu sais. Je saurai à mon tour. Il y a des quantités d'autres filles qui dirigent une exploitation agricole de nos jours. Je ne suis pas plus bête qu'une autre. Ma vie sera ici, à partir de maintenant. Quand j'étais petite, mes vrais moments de bonheur, c'est à Bertranot que je les ai connus. Comme toi, je veux que Bertranot reste dans la famille, et les terres aussi. »

Il fut si éberlué par ce qu'il venait d'entendre qu'il se tut quelque temps avant de lui répondre.

« Enfin, Marie, tu ne penses pas que cette idée a germé dans ta tête parce que tu traverses une période... disons, difficile, de ta vie ?

— Je te l'ai dit, grand-père, je me suis toujours sentie bien ici. Je suis persuadée que si mes parents n'avaient pas habité à un millier de kilomètres d'ici, c'est une idée que j'aurais eue depuis toujours. Bien sûr, là-bas, à Commercy, la question ne se posait pas de cette manière. Mais tu te rappelles, et je te l'ai dit tout à l'heure : quand j'étais petite, je rêvais toujours de monter sur les tracteurs. Un jour, sans que tu t'en aperçoives, et pendant que maman était occupée avec ses livres, ou sa thèse, je ne me souviens plus, j'ai passé presque tout un après-midi sur un de tes tracteurs qui était sous le hangar.

— Mais tous les enfants, Marie, quand ils viennent à la campagne, rêvent de monter sur les tracteurs. Ce n'est pas pour cela qu'ils rêvent de devenir des paysans. De toute façon, c'est un métier compliqué maintenant, et en plus, il y faut de la force : je t'assure que, quand il s'agit d'atteler une remorque ou un atomiseur, ce sont des bras d'homme, bien solides, qui peuvent y parvenir.

— Pour ça, je suis d'accord avec toi, mais enfin, toi-même, tu as toujours eu un homme pour t'aider. Depuis que... »

Elle faillit dire : « Depuis que Philippe est mort. » Cela s'était arrêté à la limite de ses lèvres.

« Depuis que... tu es seul à Bertranot, tu n'as pas fait le travail tout seul. Tu as eu Allal, n'est-ce pas ? Et avant Allal, tu as eu Camille, et d'autres. Allal m'aidera comme il t'a aidé. »

Il dut lui avouer qu'Allal devait prendre sa retraite dans les prochaines semaines, et que c'était même pour cela qu'il avait repoussé le bail jusqu'à cette année :

« Sinon, je crois que j'aurais arrêté déjà l'année dernière. Je n'aurais pas pu abandonner quelqu'un qui m'a aidé pendant si longtemps. Mais maintenant, Allal, c'est terminé. »

Il reconnut cependant qu'on pouvait embaucher quelqu'un d'autre, un homme solide qui effectuerait les travaux les plus pénibles. Après tout, combien de femmes d'agriculteurs, qui s'étaient retrouvées veuves, avaient quand même continué à exploiter leurs terres avec l'aide d'un « domestique » ?

« Tu vois, grand-père, c'est toi-même qui le reconnais, et tu as raison. J'ai d'ailleurs lu un article à ce sujet dans un magazine. Il paraît qu'il y en a plein, en France, de femmes qui se sont trouvées dans la nécessité, après la mort de leur mari, de faire marcher leur ferme. Elles en ont bavé, c'est vrai, l'article le disait, mais elles ont fini par s'en sortir, autant que des hommes. Je t'assure que je m'en sortirai, moi aussi, je ferai des stages, ça existe !

Et surtout, tu seras là pour m'apprendre. C'est toi qui me guideras. »

On aurait dit qu'elle le suppliait. Sa voix se faisait de plus en plus douce, presque caressante :

« Grand-père, je t'en prie, essaie de me faire confiance. Tu crois vraiment que je serai plus bête ou plus maladroite qu'une autre ? Tu crois que ce qu'ont été obligées de faire ces pauvres veuves pour survivre, ta petite Marie ne serait pas capable de l'accomplir ? »

Les lèvres d'André s'étaient mises à trembler. Il avait eu peur, s'il avait dit une parole de plus, d'entendre sa propre voix se briser et de se mettre à pleurer devant elle. Il était sorti, puis s'était dirigé vers la vigne, et s'était appuyé contre un vieux cerisier qui avait survécu à l'arasage des talus.

D'un coup d'œil il embrassa le vignoble que le soleil enveloppait d'une grosse bulle de lumière. Les feuilles lui parurent briller d'un éclat plus tendre que la veille. Hier, les nuages leur donnaient une couleur sombre, presque violette, avec des veinules roussâtres qui annonçaient la fin de l'automne. Mais les rayons de soleil frappaient si fort ce matin qu'il y avait quelque chose de vif sur ces feuilles, comme lorsqu'elles viennent de se déplier au printemps.

Au loin, entre les collines, il aperçut un champ de peupliers dans la plaine. La pensée qui l'avait obsédé lui revint : les peupliers du désert ! Mais si les peupliers poussent dans le désert, c'est que la terre qu'on avait crue morte vit encore. Autrefois, il y a des siècles et des siècles, ses lointains ancêtres qui déjà tiraient leur subsistance de la terre de ce coteau vouaient au gui un culte fervent : en hiver, sur les arbres où toute vie a disparu, c'est là que ses feuilles verdissent, foisonnent, se parent de perles par myriades pour célébrer une fête que nos yeux ne voient pas. De même, sur ces terres que la mort semble envahir inexorablement, les peupliers sont le signe de la vie qui continue, plus tenace encore parce que cette vie pousse sur un sol déserté. Pour un temps, elle paraît étouffer celle des hommes, mais peut-être qu'elle assure un relais en attendant que ceux-ci reviennent un jour. Au lendemain de la guerre de 14, le pays avait été décimé, sa jeunesse était morte à Verdun, aux Éparges, à Craonne, et les familles de paysans qui n'avaient eu qu'un seul fils se trouvèrent sans héritier. Et l'on avait vu les propriétés à l'abandon, les sillons envahis par les friches, les toits des maisons croulant sous le lierre et les ronces. Qui aurait pu penser, alors, que la vie recommencerait ? Et pourtant, un miracle s'était produit : les Italiens étaient arrivés chez nous, puis d'autres peuples, venus de Hollande ou de Suisse, attirés par ce vide, par ces terres vacantes comme autrefois les colons basques, poitevins, protestants chassés par la Révocation, s'étaient rués vers les étendues vierges d'Amérique. Et ces peuples nouveaux avaient repris en main nos fermes abandonnées : ils s'étaient mis à débroussailler les ronces autour des murs, ils avaient replacé des tuiles sur les toits, labouré la terre, ensemencé les sillons. Et la vie était revenue.

Marie avait raison : lui-même n'avait toujours cultivé les vignes de Bertranot qu'avec l'aide d'autres hommes. Des hommes forts comme Allal, fidèles comme Georges, ou intrépides et enthousiastes comme Camille. Même au temps de Philippe, ils avaient toujours gardé un employé permanent, et plusieurs journaliers venaient aussi les aider. Il ferait la même chose avec Marie : pourquoi cette évidence ne s'était-elle pas imposée à lui tout de suite ? Il s'en voulut presque d'avoir essayé de la dissuader lorsqu'elle avait commencé à lui parler de son projet. Pourquoi une femme serait-elle dépourvue de la sage déraison qu'il faut aujourd'hui pour prendre la relève ? Après tout, chez ses beaux-parents, c'était Alice, la mère de Marie-Anne, qui avait fait marcher la ferme : c'était elle qui décidait, prenait les initiatives. Et dans bien d'autres fermes sans doute, cela s'était passé ainsi. Pourquoi une femme, pourquoi sa propre petite-fille n'aurait-elle pas la terre dans le sang, comme lui ? Toutes les générations qui s'étaient succédé à Bertranot avaient eu quelqu'un pour tendre la main et continuer la chaîne. Aujourd'hui, c'était Marie.

André se souvint à ce moment de la fin du film *Autant en emporte le vent* quand Scarlett, abandonnée de tous, sa fille morte, entend la voix de Rhett Butler qui lui dit :

« *Il vous reste une raison de vivre : c'est Tara. C'est de la terre rouge de Tara que vous tirerez votre force. La terre, c'est la seule chose qui compte, c'est la seule chose qui dure.* »

Il était sûr à présent que Bertranot ne mourrait pas, et qu'avec Marie, c'est de la terre de Bertranot qu'ils tireraient leur force tous les deux. Maintenant que Marie était là, il avait la certitude que la vie continuerait après lui. Tant que la vigne pousserait sur la terre de Bertranot, que les pampres fougueux se lanceraient à l'assaut de ces rangées sans fin qui escaladent les collines, son combat vaudrait la peine d'être mené.

À la fin des vendanges prochaines, celles qu'il ferait dans un an avec Marie, de nouveau il y aurait un escoubessol* ici. Même s'ils devaient continuer à cueillir la plupart des parcelles à la machine, il en garderait encore, les meilleures, pour les ciseaux des vendangeurs. Et avec eux reviendraient la liesse dans les rangs de vigne, les bouquets de feuilles pénétrés par des mains vivantes, puis la fête autour d'une table après le dernier jour des vendanges.

La maison de Bertranot elle-même retrouverait la vie qu'elle avait perdue. Certes, André s'était décidé, l'hiver précédent, à élaguer le figuier parce qu'il faisait de l'ombre à son jardin, et que ses légumes, privés d'air, s'y asphyxiaient. Mais tant de choses restaient à faire : c'étaient aussi le marronnier, le tilleul, le saule, les prunus, les buissons d'arbustes à fleurs, qui se trouvaient envahis par les rejets, mangeaient le sol, absorbaient la lumière. Dans certains coins, il était devenu impossible de se frayer un passage tant la végétation avait occupé l'espace. Seul, André n'avait plus l'envie ni la force de s'attaquer à ce déferlement de tiges et de feuilles. La maison paraissait abandonnée.

Avec Marie, maintenant, il savait qu'il reprendrait la scie, la serpe, les sécateurs, qu'il dégagerait les troncs encombrés, qu'il parviendrait à vaincre l'invasion. De nouveau, la clarté franchirait les dômes des arbres et pourrait pénétrer dans chaque pièce de Bertranot, l'herbe disparaîtrait des allées, renaîtrait verte sous les arbres. La maison redeviendrait ce qu'elle était du temps de son grand-père, ou ce qu'il en avait fait avec Marie-Anne. Parce que Marie était revenue, la chaîne qui le reliait à ses ancêtres ne s'arrêterait pas avec lui. La vie continuerait par elle.

Peut-être même qu'une chaîne nouvelle naîtrait avec Marie : perdus dans la masse obscure des rues et des banlieues, errant sans but dans un univers sans âme, d'autres jeunes partis à la ville reviendraient, comme elle, labourer la terre de leurs ancêtres, faire croître le blé dans les plaines, vendanger les vignes des coteaux. Ils rebâtiraient les maisons aux toits effondrés et aux pierres disjointes par le lierre. Et d'autres peuples arriveraient à leur tour, pareils aux Italiens d'autrefois, et ils repeupleraient ce désert d'êtres de chair et de sang dont la sueur se mêlerait à la terre, et de nouveau la bonne graine germerait dans les sillons, féconderait ces vallées, ressusciterait ces collines.

Quand André décida de rentrer à la maison pour retrouver Marie, le soleil flamboyait dans le ciel, comme une immense promesse.

Lexique

Balet : auvent des maisons landaises, dans le prolongement des deux pentes du toit.

Bioulasse : en gascon, le « bioule » est le peuplier. Avec le suffixe augmentatif, le terme désigne les gros peupliers sauvages, branchus et noueux, qui poussent à l'état naturel dans les bas-fonds. Autrefois, quand les maisons étaient exclusivement construites à partir de matériaux « du pays », la plupart des poutres de charpentes étaient des « bioulasses » à peine équarries : elles avaient l'avantage d'être plus souples et plus légères que les poutres en chêne.

Bourrut (ou bourret) : jus de raisin à demi fermenté. Encore chargé de sucre, pétillant, il est d'usage de le boire en mangeant des châtaignes.

Carrasson : petit tuteur d'acacia ou de châtaignier, d'un mètre environ, qu'on place à côté du jeune pied de vigne la première année de sa plantation.

Chenillard : tracteur à chenilles.

Chenilles : quand il ne s'agit pas des plaques de fer articulées qui équipent certains véhicules à la place des roues, ce mot désigne le ressort d'acier permettant aux sécateurs de se rouvrir. Dans un cas comme dans l'autre, cette dénomination est venue de l'analogie avec la larve qui porte ce nom.

Collège : les écoles religieuses, même lorsqu'elles conduisaient leurs élèves jusqu'au baccalauréat, n'avaient pas le droit de porter le titre de lycée, et se contentaient alors de cette appellation plus modeste.

Condamné à pendre : condamné à « être pendu ». Se dit ainsi dans le vocabulaire courant du Sud-Ouest.

Douil : cuvier de vergne que des remorques étroites transportent le long des rangs de vigne. Les vendangeurs y versent le contenu de leurs baquets. Les douils firent leur apparition dans les années 50 lors de l'implantation des caves coopératives où des grues permettaient de les soulever et de les verser. Ils remplacèrent les comportes qui se transportaient à dos d'hommes. Mais à la fin des années 70, dès que se généralisèrent les machines à vendanger, ils furent à leur tour supplantés par des bennes métalliques basculantes.

Escoubessol : étymologiquement « nettoie-sol ». À la fin de la saison des palombes, les chasseurs, qui ont vécu plus d'un mois dans la cabane, se décident enfin, avant de quitter les lieux, à donner un coup de balai. Ce dernier jour est l'occasion d'une petite fête qui clôt la saison : c'est « l'escoubessol ». Par extension, le mot s'est appliqué aussi à la petite fête qu'organisent (organisaient ?) les vignerons à la fin des vendanges.

Esperat : sorte d'échelle étroite à un seul montant, central, généralement un tronc d'acacia grossièrement équarri. Les barreaux y sont fixés sur une entaille. La base est constituée d'une planche triangulaire qui permet de maintenir l'équilibre. L'esperat était une échelle de pauvre, facilement réalisable. En raison de son étroitesse, les paysans l'utilisaient aussi pour descendre dans les cuves.

Gouttier : sol miné par une source souterraine ou des infiltrations. Les vieux paysans tentaient d'y remédier en effectuant un drainage à l'aide de pierres ou de poteaux de pins verts enfouis dans la terre. Mais il est rare qu'au bout de quelques années l'instabilité du terrain ne réapparaisse pas.

Grange : en Gascogne, le mot « grange » désigne l'étable.

Planton : jeune plantation de vigne, qu'on nomme ainsi au cours de la première année, avant que soient installés les grands échalas de châtaignier ou d'acacia, et le fil de fer.

Plie : voir « sifflet ».

Présent : lorsqu'on tuait le cochon à la campagne, il était d'usage de faire cadeau de quelques saucisses ou côtelettes à des voisins ou des amis. Les métayers en offraient à leur propriétaire. On appelait cela le « présent du cochon ».

Race : le mot s'utilise aujourd'hui avec des pincettes tant il est lourd de connotations équivoques. Les écrivains régionalistes du début du XXe siècle l'employaient sans ambages et sans arrière-pensées, moins pour désigner une ethnie que pour définir l'identité des peuples de leur région. C'est dans ce même esprit que l'expression « race paysanne » a été utilisée dans ce livre.

Rec : on trouve souvent, dans nos forêts, de longs fossés profonds, irréguliers et sinueux. Les paysans du Sud-Ouest les appellent des « recs ». Ce sont des lits d'anciens ruisseaux depuis longtemps asséchés. L'eau n'y coule plus qu'à l'occasion de gros orages.

Sifflet : jusqu'au XIXe siècle, la taille de la vigne demeura très empirique. C'est vers 1850 que le docteur Guyot inventa le système de taille qui se pratique actuellement : tous les sarments sont élagués à la base du cep, à l'exception d'une longue tige de six à huit bourgeons, appelée « plie », qui produira la prochaine récolte, et d'une autre très courte (deux bourgeons) à partir de laquelle le pied de vigne se développera l'année suivante. « Plie » et surtout « sifflet » sont cependant des termes très localisés qui varient selon les régions.

Imprimé en U.E.
Dépôt légal : septembre 2015
ISBN : 978-2-9129-1680-9